Weilheimer
Schulgeschichten
1939-1952

Für meine liebe Frau Irma in Dankbarkeit. Das Buch wäre ohne ihre ständige Aufmunterung und Unterstützung nicht entstanden.

Heinz Staudinger, im August 2011

HEINZ STAUDINGER

WEILHEIMER

SCHULGESCHICHTEN

1939 - 1952

BAND 2

1950 - 1952

Die „Schulgeschichten" sind eine Kurzfassung des im Jahre 1999 erstmals aufgelegten Buches „Zwischen Hakenkreuz und Sternenbanner". Viele Kapitel ohne unmittelbaren Schulbezug wurden gestrichen, dafür kamen mit dem vorliegenden Band 2 einige neue dazu, so daß der Zeitrahmen nun von 1939 bis 1952 reicht. Der zweite Band eignet sich gleichermaßen als Fortsetzung für Band 1 wie auch für das ursprüngliche, nicht gekürzte Buch „Zwischen Hakenkreuz und Sternenbanner".
Band 2 enthält außerdem 53 Photos und 10 Dokumente.

© 2011 Heinz Staudinger
Alle Rechte vorbehalten.
Zweite, durchgesehene Auflage.

Umschlaggestaltung: Heinz Staudinger
Herstellung und Verlag: Books on Demand GmbH, Norderstedt

ISBN 978-3-837-05535-1

Vorrede

Im Gegensatz zu den Schuljahren von 1939 bis 1949, die durch Krieg, Todesnachrichten, Parteipropaganda, Jungvolkerlebnisse, Luftangriffe, Besatzungsregime und Reeducation, bei vielen auch durch Flucht, Vertreibung und den Verlust der Heimat geprägt waren, verliefen die Jahre 1950 bis 1952, von denen dieser Band berichtet, in vergleichsweise geregelten Bahnen. Zwar gab es immer noch Schichtunterricht wegen der herrschenden Schulraumnot, aber sonst verlief der schulische Alltag doch wieder einigermaßen normal. Unser Schülerjahrgang, gegen Kriegsbeginn eingeschult, war den „Flegeljahren" entwachsen, so daß Lausbubenstreiche nun eher die Ausnahme waren. Deshalb waren die Lehrer auch nicht mehr zu disziplinarischen Maßnahmen gezwungen. Wir hatten uns aber auch sonst stark verändert. Ein Paradigmenwechsel war eingetreten, eine Umwertung aller bisher gültigen Werte. Alles, wofür viele von uns sich vormals begeistert hatten, war jetzt verfemt. Vermeintliche Vorbilder waren im Abfalleimer der Geschichte gelandet. Viele Erwachsene, vor allem auch Lehrer, hatten ihr Fähnchen ganz schnell nach dem Wind gedreht und redeten jetzt ganz anders daher als vor dem Umsturz, so daß fast der Eindruck entstand, sie seien alle im Widerstand gewesen. Das hatte uns desillusioniert. Für neue Ideale aber war die Zeit noch nicht reif. So waren wir auf uns selbst und auf die Bewältigung unserer eigenen Probleme zurückgeworfen. Alles, was mit Engagement für Parteien, für staatliche Organisationen oder sonstige Vereine aussah, schien uns verdächtig. Das ging so weit, daß manche, obgleich sportlich aktiv, sogar die Mitgliedschaft in einem Sportverein ablehnten. Wir waren angenehme Schüler geworden, froh, daß wir lernen durften, daß die Zukunft geordnet schien. Aber es gab auch das Gefühl einer neuen Freiheit. Zu neuen Ufern aufbrechen zu können, gehen zu können, wohin man wollte, das war ein ganz neues Lebensgefühl. Viele unserer Mitschüler hatten uns schon verlassen, weil ihre familiären Verhältnisse einen weiteren Besuch des Gymnasiums oder gar ein Hochschulstudium nicht erlaubten und weil sie ihre Eltern nicht mit hohen Ausbildungskosten belasten konnten oder wollten. Die Kontakte zu diesen Ehemaligen wurden aber weiterhin gepflegt. Die Abbrüche galten auch nicht als Mißerfolg, zumal die Abgänger ja bald über eigene Einkünfte verfügten und somit in unseren Augen eher privilegiert waren. Wir aber lagen immer noch den Eltern, oft auch nur den Müttern auf der Tasche, weil die Väter gefallen, vermißt oder noch in Gefangenschaft waren. Um so mehr trachteten wir danach, ausreichend gute Abschlußnoten im Abitur zu erreichen, um danach zielstrebig und möglichst schnell eine weiterführende Ausbildung oder ein Studium absolvieren zu können. Auf eigenen Beinen wollten wir stehen. Was hinter uns lag, war vorbei. Unser Blick war nüchtern und pragmatisch nur nach vorne gerichtet. Wir wollten persönlich vorankommen. Die politischen Diskussionen, etwa um die Aufnahme Deutschlands in eine europäische Gemeinschaft, um Westintegration contra Wiedervereinigung oder um die deutsche Wiederbewaffnung nahmen wir zwar interessiert zur Kenntnis und debattierten auch fleißig mit, aber die meisten von uns hätten sich nie ernsthaft für solche Themen engagiert. An der Wiederbewaffnungsdebatte beispielsweise bewegte uns vorrangig die Frage, ob wir persönlich eingezogen oder als „weiße Jahrgänge" verschont bleiben würden. Später rückten dann neue Jahrgänge von Schülern und Studenten nach mit einer völlig anderen, vielen von uns fremden Mentalität. Sie machten Krawall in den Hörsälen und auf den Straßen und ihre Forderungen waren in unseren Augen bestenfalls lächerlich. Naturgemäß hatten sie keine schlechten Zeiten mehr erleben müssen. Uns aber fehlte jedes Verständnis für derlei Umtriebe. Wir waren zur Zeit dieser Protestbewegung mitten im Aufbau einer hart zu erarbeitenden beruflichen Existenz und sahen diesen Vorgängen mit ungläubigem Staunen und Unverständnis zu, soweit wir überhaupt die Zeit fanden, Notiz davon zu nehmen oder gar nach den Motiven zu fragen. Zur damaligen Zeit gab es gravierende Mentalitätsunterschiede zwischen altersmäßig gar nicht weit auseinanderliegenden Jahrgängen. Nur vier oder fünf Jahre ältere waren noch zum Kriegsdienst eingezogen worden und konnten froh sein, daß sie nicht Leben oder Gesundheit verloren hatten. Die sahen die Welt mit ganz anderen Augen an als wir, und von den Jahrgängen nach uns, die Krieg und schlechte Zeiten nur noch vom Hörensagen kannten, waren sie durch Welten getrennt. Sie alle könnten ihre eigenen interessanten Geschichten erzählen, und die hier vorgelegten Begebenheiten sind nur eine individuelle Facette aus der Vielfalt der damaligen Erlebenswirklichkeiten.

Genau dieses Problem unterschiedlicher Erlebniswelten spricht Goethe in seinem Vorwort von „Dichtung und Wahrheit" an, wenn er schreibt: „Denn dieses scheint die Hauptaufgabe der Biographie zu sein, den Menschen in seinen Zeitverhältnissen darzustellen ... ", und wenn er dann fortfährt: „ ... ein jeder, nur zehn Jahre früher oder später geboren, dürfte, was seine eigene Bildung und die Wirkung nach außen betrifft, ein ganz anderer geworden sein."

Glonn, im August 2011

Der Verfasser

Non vitae, sed scolae discimus!
Nicht für das Leben, sondern für die Schule lernen wir!
(Seneca in den epistula morales ad Lucilium als vorwurfsvolle Kritik an den damaligen römischen Philosophenschulen)
Non scolae, sed vitae discimus!
(Häufig zitierte Verdrehung des Originaltextes zur Rechtfertigung des jeweiligen Schulsystems)

Wie wahr ist doch beides über die Zeiten hinweg geblieben!

Kapitelfolge

Vorrede

Nachrede

Anhang

Ein denkwürdiges Wochenende

Pfui Deifi! Es war ein Mitschüler, der dem Jungen diesen Ausdruck tiefer Mißbilligung an jenem Dienstag im Juni 1950 kurz vor Beginn des Nachmittagsunterrichts entgegenschleuderte und nach einer kleinen, aber wohlberechneten Pause abfällig hinzufügte: „Ich tät' mich schämen!" Für Heinz kam die feindselige Attacke völlig überraschend. „Wieso, was ist denn los?" „Ihr seid's ja beim Zelten g'wesen am Riegsee, der Kees Sepp, der Denninger Horst und du, mit einem Mädchen. Schamt's ihr euch überhaupt's nicht, ha?" „Und was geht das dich an?", fuhr er dem Angreifer in die Parade. „Das geht dich einen Dreck an, merk' dir das! Und außerdem, wenn's dich schon interessiert, wir haben zwei Zelte dabei gehabt, wir haben in getrennten Zelten geschlafen!" Aber der andere war nicht zu bremsen. „Um so schlimmer", legte er nach, „da habt's ja direkt ein Séparée g'habt!" „Rutsch' mir doch den Buckel 'runter", beendete Heinz das Gespräch, „du Moralapostel, du blöder! Wir leben doch nicht im Mittelalter, und die Inquisition gibt's auch nicht mehr!" Der so Gemaßregelte gab jetzt zwar seine Fragerei auf, war aber sichtlich eingeschnappt, und der Junge fühlte sich danach auch nicht mehr ganz wohl in seiner Haut. Es war eine neue Erfahrung für ihn, daß einer wegen einer Sache, die ihn nichts anging und von der er auch gar keinen Nachteil hatte, so aggressiv reagieren konnte. Und woher der überhaupt wußte, wo sie gewesen waren? Aber nach einigem Nachdenken wurde ihm klar, wo die Informationsquelle liegen konnte.

Sie waren am Freitag vor diesem verlängerten Wochenende unmittelbar nach Schulschluß mit ihren Fahrrädern nach Riegsee gefahren, vollgepackt mit den zwei Zelten, mit Luftmatratzen, mit Kochgeschirr, Spirituskocher und allerlei sonstigen Utensilien, die man für ein verlängertes Wochenende brauchte. Einen schönen Platz direkt am See hatten sie sich ausgesucht und dort die Zelte aufgestellt, das komfortable mit Gummiboden vom Sepp und das etwas einfachere Amizelt, das Heinz einst bei den amerikanischen Besatzern geklaut hatte. Im Gegensatz zum Starnberger See und auch zum Staffelsee war der Riegsee völlig unberührt, die Strände waren weitgehend frei und noch nicht verbaut. Die Bauernwiesen reichten bis ans Wasser und auf den von den Landwirten angelegten halb vergrasten Feldwegen konnte man das Ufer leicht erreichen, ohne Flurschaden anzurichten. Sepp und Heinz hatten den als Ausflugsziel und Badegelegenheit bis dato unbekannten See erst vor ein paar Wochen beim Studium alter Landkarten ausfindig gemacht und bei einer Voraberkundung als ideales Ausflugsziel erkannt. „Also", sagte der Sepp zufrieden, „jetzt brauchen wir nur noch jemand, der uns ein Abendessen macht. Ich bin gespannt, ob sie kommt". „Sie", das war ein hübsches Mädchen, das er vor kurzem bei einem der meist gemeinsam mit den Freunden unternommenen Badeausflüge zum nahegelegenen Dietlhofer See kennengelernt hatte. Die beiden hatten sich einige Male getroffen, waren miteinander ins Kino gegangen, und nun hatte er seine neue Errungenschaft eingeladen, sie solle doch mitkommen zum Zeltausflug am Riegsee. Sie hatte zunächst gezögert, als sie aber erfuhr, daß auch die beiden Klassenkameraden mit von der Partie waren, hatte sie sich ein „vielleicht schaue ich ja kurz vorbei" abgerungen, und das hatte er als Zusage gewertet.

Sie warteten, aber das Mädchen kam nicht. Sie schwammen um den halben See, immer den Zeltplatz im Auge, aber sie kam nicht. Als es nach der dritten Baderunde zu dämmern begann und sie immer noch nicht da war, meinte der Sepp resigniert: „Also, unser Abendessen müssen wir jetzt wohl selber machen. Mensch, Heinz, du hast doch so eine Riesen-amerikanische Konservenbüchse dabei, was ist denn da drin?" Der sah nach. „Noodle soup steht drauf", sagte er, „with chicken". „Dann fang nur gleich an", meldete sich Horst, der dritte im Bunde, zu Wort, „du machst uns eine Hühnersuppe!" Auf die Frage „wieso eigentlich ich, warum nicht du?" gab er die entwaffnende Antwort: „es ist ja deine Konservendose."

Die Suppe schmeckte dann allerdings scheußlich. Er hatte nämlich nicht bemerkt, daß der Inhalt der Dose sich entmischt hatte, vermutlich durch das Rütteln bei der Fahrt über holperige Straßen und unbefestigte Wege. Es war eine Trockenkonserve, und die stark gesalzenen pulverförmigen Bestandteile der Hühnereinlage hatten sich von den Nudeln getrennt und lagen obenauf. Er hatte dummerweise versäumt, alles neu durcheinander zu mischen, die Suppe schmeckte total versalzen. Sie war praktisch ungenießbar und man mußte sie nachträglich verdünnen. Weil sie das aus dem See geschöpfte Wasser aber nicht erhitzten, sondern es der Einfachheit halber der ziemlich fettigen Suppe kalt zugaben, war das Ergebnis alles andere als zufriedenstellend, und das Urteil der Freunde fiel entsprechend aus. „Als Koch könntest du dir dein Geld nicht verdienen!", sagte der Sepp, als er den Löffel weglegte, und Heinz antwortete: „ich hab' mir diese Rolle auch nicht ausgesucht, kannst das nächste Mal ja du kochen."

Dann saßen sie gemütlich um ein kleines Lagerfeuer herum, dessen Standort nah am Wasser und in gebührender Entfernung von jeglichem Buschwerk vom Sepp als unbedenklich eingestuft worden war. „Mit offenem Feuer muß man wahnsinnig vorsichtig sein", sagte er. „Bei uns in Hirschau ist einmal ein kleines Waldstück abgebrannt, weil irgendwelche Idioten nicht aufgepaßt haben". Und Heinz wußte zu erzählen, daß ihnen schon bei der Hitlerjugend die Brandschutzregeln beigebracht worden waren, und daß ein Lagerfeuer mindestens hundert Meter vom Wald entfernt sein müsse. „Da sieht man, daß die HJ schon auch ihr gutes hatte", ergänzte Horst, „auch wenn sie jetzt immer nur schlecht gemacht wird!" Er hatte in seiner oberschlesischen Heimat eine Eliteschule besucht und wohl deshalb ein besonderes Verhältnis zu der damaligen Jugendorganisation entwickelt. Der Sepp allerdings meinte: „Da braucht's keine HJ dafür. Das kann man auch so wissen, daß Feuer am Waldrand gefährlich ist". Er war zwar im Dritten Reich Internatsschüler in einer Nationalpolitischen Erziehungsanstalt gewesen, weil er anders als durch den Besuch einer solchen NS-Einrichtung gar keine Chance gehabt hätte, eine höhere Schule zu besuchen, aber er hatte sich inzwischen von seinen damaligen Idealen doch ein Stück weit entfernt. Dann legten sie sich schlafen, Heinz und Horst in dem einen, Sepp im anderen Zelt. Heinz genoß sogar den Luxus eines

Daunenschlafsackes, den die Mutter aus den noch vorhandenen Daunendecken ihrer Eltern genäht hatte.

Am Tag darauf rechnete keiner mehr damit, daß das Mädchen noch kommen würde. Sie hatten lange geschlafen, hatten sich gewaschen und frisiert, hatten ein wenig Frühsport getrieben und danach im See gebadet. Sie hatten ihre Trainingsanzüge zum Lüften an die Schnüre der Zeltverspannung gehängt, hatten sich ein gutes Frühstück mit Kaffee und belegten Semmeln bereitet und waren nach einer Ruhepause einmal rund um den ganzen See gelaufen. Das war nicht ganz einfach, weil das Ufer zum Teil sehr verschilft war und weil sie beim Ausweichen in die umfriedeten Weideflächen immer wieder unter Stacheldrahtumzäunungen durchkriechen mußten. Außerdem lagen überall Kuhfladen herum, die man im hohen Gras leicht übersehen konnte, und Heinz trat auch prompt ziemlich heftig in eine der übelriechenden Hinterlassenschaften hinein. „Mensch, jetzt bin ich voll in die Kuhscheiße gestiegen", schrie er, „und gespritzt hat's auch noch". „Mußt halt aufpassen", sagte der Sepp, der aus einem Gutshof stammte und deshalb eine lockere Einstellung zu solchen Dingen hatte, „sterben wirst deswegen nicht! Mußt deine Latschen halt im See wieder abwaschen". Sie liefen ja barfuß, und da war das ganze tatsächlich kein Problem.

Als sie zurückkamen, war sie da, in sommerlichen kurzen Hosen und mit einem aufregenden, weil eng anliegenden quergestreiften Pulli. „Daß du doch noch gekommen bist", sagte der Sepp, „ich hab's nicht mehr geglaubt, aber jetzt freu' ich mich!" „Ich wollte doch nachschauen, wie es euch geht", erwiderte sie, „und ich habe euch auch was mitgebracht". Sie holte einen Korb vom Lenker ihres Fahrrades, das sie seitwärts an einen Baum gelehnt hatte. „Damit ihr nicht verhungern müßt!" „Mensch, Klasse", freute sich der Sepp, und auch die Freunde staunten, als sie auszupacken begann. Äpfel, Bananen, ja sogar Orangen holte sie aus dem Korb, und dann noch, säuberlich in Papier eingewickelt, ein großes Stück Leberkäs. „Für's Mittagessen", meinte sie. „Und Brezeln dazu hab' ich auch dabei".

Der Tag verging wie im Fluge mit Baden, Leberkäs abbräunen, Obstsalat zubereiten, Federballspielen und Erzählen. Als es Abend wurde, war sie immer noch da. Die Sonne ging unter, ein schönes Abendrot über dem dunklen Wald am jenseitigen Ufer spiegelte sich in dem klaren Wasser des Sees. Heinz stellte sein Photostativ auf und versuchte umständlich mit Hilfe seines vor kurzem erstandenen Belichtungsmessers und seiner Armbanduhr, diese Stimmung einzufangen. „Es geht nur mit einer Zeitaufnahme", sagte er. „Ich hab' nämlich zum erstenmal einen Farbfilm drin. Der hat eine ganz niedrige Empfindlichkeit, und sauteuer ist er auch!" Dann wurde es dunkel und sie verkrochen sich in die Zelte, Horst und Heinz wieder in das Amizelt, Sepp und das Mädchen in das komfortable mit dem Gummiboden.

Es gibt nichts besonderes zu berichten über die folgenden Stunden, außer daß um Mitternacht ein streunender Hund um die Zelte schlich, der sich nur schwer vertreiben ließ. Ob sich Sepp und sein Mädchen näher kamen in dieser Nacht, konnte niemand wissen außer den beiden selbst. Über ihre gelegentlichen amourösen Abenteuer pflegten sie nicht zu reden, das galt als ungeschriebenes Gesetz unter den Freunden, und dieser Ehrenkodex entsprach auch ihrem Gefühl für gute Manieren. Diskretion war angesagt, schon um keinen Skandal zu riskieren, denn böswillige Tugendwächter gab es viele.

Der Sonntag dämmerte herauf, das Zeremoniell von Aufstehen, Körperpflege und Frühsport wiederholte sich, allerdings mit dem Unterschied, daß sie nun beim Waschen und Umziehen Rücksicht auf die Anwesenheit ihres weiblichen Gastes zu nehmen hatten. Kurz vor Mittag, sie waren gerade mit dem Zubereiten des Mittagessens beschäftigt, wobei unter der sachkundigen Mithilfe des Mädchens auch die Hühnersuppe zu neuen Ehren kam, erschien urplötzlich ein neuer, aber ungebetener Gast. Es war ein Klassenkamerad, der, durch welche unbedachte Äußerung auch immer, vom Ausflug der drei an den Riegsee erfahren hatte. „Grüß euch, ah, da seid's ihr, ganz am Ufer", sagte er scheinheilig und stieg von seinem Fahrrad. Sie erwiderten zwar seinen Gruß, vermieden aber, ihn zum Essen einzuladen, und sie sprachen auch kaum mit ihm. Nach einiger Zeit des unschlüssigen Abwartens mußte er erkennen, daß er hier unerwünscht war, und mit den Worten: „also, pfüat euch nachher, ich fahr' wieder weiter", verabschiedete er sich, bestieg sein Stahlroß und verschwand. „Was wollt' jetzt der eigentlich?", fragte der Heinz, und der Sepp antwortete: „Nachspionieren wollt' er halt. Ich möcht' bloß wissen, woher der überhaupt weiß, daß wir hier sind". Aber das blieb ein ungelöstes Rätsel.

Das Essen schmeckte vorzüglich, auch die Hühnersuppe konnte man jetzt fast als Delikatesse einstufen, und sie sparten nicht mit Lob für die Köchin. „Da sieht man halt, es schmeckt doch viel besser, wenn eine Frau kocht", meinte Heinz anerkennend, und Horst ergänzte: „Nach deiner Suppe von vorgestern direkt eine Wohltat!" Am Nachmittag fuhr das Mädchen wieder weg. „Ich muß ja morgen wieder arbeiten", erklärte sie. „Schade", sagte der Sepp. „Komm' gut heim, wir bleiben noch". „Müßt ihr denn nicht in eure Schule?", fragte sie, und Heinz antwortete: „Eigentlich schon, aber wir machen morgen blau. Morgen ist nichts besonderes los in der Schule, da versäumen wir nichts, und es fällt wahrscheinlich überhaupt nicht auf"

Es war nicht mehr ganz so schön jetzt, nachdem sie gegangen war. Ein bißchen langweilig kam ihnen der Abend vor, ein wenig dunkler schien der Wald sich in dem See zu spiegeln, und beim Abendessen gaben sie sich keine besondere Mühe mit der Zubereitung, obwohl noch genügend Obst aus dem Korb des Mädchens und auch Käse und Wurst übrig waren.

Am nächsten Tag packten sie alles etwas früher zusammen als ursprünglich geplant und fuhren dann am frühen Nachmittag gemeinsam zurück nach Weilheim.

Die Mutter öffnete auf sein Klingeln, die Großmutter sagte: „ja, hast du denn keine Schule heut'" - sie war ja nicht eingeweiht in seine Absicht, blau zu machen, denn das hätte sie nicht toleriert. Als er in das Wohnzimmer trat, lag der Hochlandbote auf dem Tisch, und auf der ersten Seite prangte, groß, fettgedruckt und unübersehbar, das Wort „Krieg". Ihm blieb fast das Herz stehen. „Was ist denn los, sind die Russen einmarschiert?", fragte er, und die Mutter sagte: „Ja, es gibt einen neuen Krieg, aber zum Glück nicht bei uns. Gestern sind die nordkoreanischen Kommunisten in Südkorea einmarschiert". Er erschrak zutiefst, denn nichts fürchtete er mehr als den Ausbruch eines Krieges, der, da waren sich alle einig, angesichts der Überlegenheit des Ostblocks leicht zum dritten Weltkrieg eskalieren konnte. Und als er am nächsten Tag in die Schule kam und zunächst den bösartigen Tugendwächter abgewimmelt hatte, kam der Denninger ganz aufgeregt auf ihn zu mit den Worten: „Hast du' gelesen, die Kommunisten fangen einen Krieg an. Mein lieber Mann, jetzt geht's los, das wird der dritte Weltkrieg. Jetzt werden die Russen bei uns auch angreifen, und ob die Amis uns beschützen, das weiß man nicht!" Und Heinz, angesteckt von der Aufregung des Freundes, sagte: „Die sind doch sowieso bescheuert. Jetzt rächt es sich, daß sie fünfundvierzig nach der Kapitulation nicht gleich zusammen mit der Wehrmacht weitermarschiert sind Richtung Osten und die Sowjets zurückgeschlagen haben. Damals wär' das noch gegangen, gemeinsam mit uns, aber jetzt haben die Russen ja auch schon Atombomben, wegen dem Klaus Fuchs, dem englischen Atomspion". „Und wir werden das Schlachtfeld, bei uns werden dann die Bomben fallen", spann Horst den Faden seiner Befürchtungen fort. Er war ohnehin seit jeher äußerst pessimistisch, was die politische Lage anging, vermutlich, weil er als Flüchtling schon zu viel erlebt hatte. Jetzt kam auch der Sepp dazu. Der dämpfte die Aufgeregtheit der Freunde mit den Worten: „Mensch, ihr braucht doch nicht gleich durchdrehen! Es wird nichts so heiß gegessen, wie es gekocht wird. Also, wenn ihr mich fragt, das bleibt ein Konflikt zwischen den Koreanern. Das machen die unter sich aus. Das hat bestimmt keine Auswirkungen auf uns hier in Europa". Damit sollte er zwar recht behalten, aber die Auswirkungen der lang anhaltenden Krise mit dem Kampfeinsatz von UNO-Truppen unter amerikanischem Oberbefehl bekamen sie doch zu spüren, schon allein deswegen, weil Bundeskanzler Adenauer unter dem Eindruck der Ereignisse die Wiederbewaffnungsdebatte vorantrieb. Bei der deutschen Bevölkerung breitete sich eine Hamstermentalität aus, denn die Menschen, gewitzt durch die Erfahrungen zweier Kriege, fingen an, Lebensmittel zu horten, trieben dadurch aber die Preise in die Höhe. Auch die Mutter legte sich einen Vorrat zu, und die Großmutter sagte: „Daß ich jetzt schon wieder so was erleben muß. Mir reichen schon die zwei Kriege, die ich mitg'macht hab' in meinem Leben! Naa, die Welt ist ein Jammertal!"

Sportkanonen

Die klassischen Sprung- und Laufdisziplinen der Leichtathletik waren nicht bei allen Klassenkameraden gleichermaßen beliebt. Manche mochten lieber Ballspiele. Fußball war im Turnunterricht weniger üblich, Handball um so mehr, und auch Faustball, Korbball oder Völkerball zählten zu den Favoriten. Inno Stangl, der Sportlehrer, nahm auf solche Vorlieben Rücksicht, und so kam es, daß in den

Turnstunden oft ein Teil der Klasse für ein Korbballspiel in der Turnhalle blieb, während die anderen drüben am Sportplatz ein Leichtathletiktraining absolvierten. Sepp Kees, Heinz Staudinger und einige andere Unentwegte waren zwar auch für Ballspiele zu haben, speziell Korbball betrieben sie mit Leidenschaft, aber jetzt wollten sie sich auf das alljährliche Schulsportfest am Ende des Schuljahres vorbereiten. Vor allem die Leistungen im Hochsprung wollten sie an diesem Nachmittag verbessern und damit ihre Wettkampfchancen erhöhen. Wegen der Schulraumnot hatten sie ja immer noch Nachmittagsunterricht, während die Auswärtigen aus der Parallelklasse das Privileg genossen, am Vormittag kommen zu dürfen

Heinz hatte an der Sprunggrube neben der hölzernen Umkleidekabine auf der Westseite des Platzes schon einige erfolgreiche Versuche absolviert, beim letzten Sprung aber die Latte gerissen. Nun war Sepp an der Reihe. Heinz sah zu, wie der Freund umständlich den umgestürzten Hochsprungständer wieder aufstellte und die Latte auflegte. Gelangweilt blickte er sich um. Draußen, jenseits der Umzäunung, auf der Pollinger Straße, fuhr ein schweres Victoria-Motorrad vorbei, in langsamem Schrittempo, weil sich der Fahrer offenbar für das sportliche Geschehen innerhalb des Geländes interessierte. Ein Augenblick der Unaufmerksamkeit führte dazu, daß er auf den Rasenstreifen neben der asphaltierten Fahrbahn geriet. Die Maschine rutschte weg, er stürzte auf die Fahrbahn. All' dies geschah ganz langsam, gleichsam in Zeitlupe, denn er war wirklich sehr langsam gefahren. Gleichwohl schlug er mit dem ungeschützten Kopf am Boden auf. Der Junge wollte eigentlich eine witzige Bemerkung über die mangelnden Fahrkünste des Unglücksraben machen. Als der aber regungslos liegen blieb, rief er: „Ich glaub', da ist was passiert. Ich schau 'mal nach", und lief nach draußen. Der Motorradfahrer, ein schlanker Mann mittleren Alters mit einem auffallend schmalen Gesicht, bewegte sich nicht. Sein Kopf lag auf dem Asphalt, auf dem sich in grellem Kontrast zu dem dunklen Untergrund eine schnell größer werdende Lache roten Blutes abzeichnete, das ihm aus Mund und Nase lief. „Mensch, der ist ja schwerer verletzt, kommt doch heraus", schrie er den Kameraden zu. „Da muß man was tun. Ich lauf' hinüber zum Krankenhaus und hole Hilfe!" Er raste los wie er war, mit den Spikes an den Füßen und nur mit seiner Turnhose bekleidet. Das Krankenhaus war nicht weit, er war aber völlig außer Atem, als er das grüne Gebäude betrat, vorsichtig, um mit den Stahlspitzen seiner Fußbekleidung nicht den Boden zu beschädigen oder auszurutschen. Der Schalter im Eingangsbereich war nicht besetzt. Auf sein lautes Rufen kam nach einiger Zeit die Pfortenschwester in ihrer schwarz-weißen Nonnentracht und fragte ungnädig: „Was ist denn, so wird's wohl nicht pressieren. Und wie bist du überhaupt angezogen. So halbnackt läuft man doch nicht herum. So kommst du mir nicht herein!" „Da ist ein Unfall passiert", sagte er aufgeregt, „in der Pollinger Straße, beim Sportplatz. Ein Motorradfahrer. Dem läuft das Blut aus dem Mund, der stirbt wahrscheinlich." „Wenn er sowieso stirbt, dann ist es ja wohl auch nicht mehr so eilig", war die Antwort, und diese Worte wirkten auf den Jungen wie ein Keulenschlag. Eine solche Gefühllosigkeit hätte er von einer

Klosterschwester nie und nimmer erwartet. „Vielleicht ist sie so, weil sie dauernd mit Kranken und Sterbenden zu tun hat", dachte er. Dann faßte er sich und stammelte: „Aber, er ist ja wahrscheinlich noch gar nicht tot, vielleicht kann man ihm noch helfen. Deshalb bin ich doch so schnell herübergerannt, damit man ihm noch helfen kann. Bitte, schicken sie doch einen Arzt hinüber oder einen Sanitäter!" „Ja, ich werde sehen, was ich tun kann", sagte die Schwester, und dem Jungen wurde klar, daß sie den Unfall nur als geschäftsmäßigen Vorgang betrachtete, dem keine besondere Priorität zukam. „Also, du kannst wieder gehen", fuhr sie fort. „Aber paß' auf den Boden auf mit deinen Schuhen!" Verwirrt stakte er dem Ausgang zu. Als er wieder am Sportplatz ankam, hatte sich eine kleine Menschenmenge um den Unfallort versammelt. Der Verunglückte lag noch immer regungslos am Boden. Ein Polizist machte Notizen und befragte die Umstehenden, die aber nichts zum Hergang des Unfalls sagen konnten. Heinz war noch so erschüttert von der Kaltschnäuzigkeit der Schwester, daß er sich nicht als Augenzeuge zu erkennen geben mochte. Er wollte nur möglichst schnell vom Ort des Geschehens verschwinden. Er drückte sich an den Gaffern vorbei und ging zur Sprunggrube, um die Kleidung zu wechseln. „Was war denn los, hast du einen Doktor geholt?", fragte der Sepp. „Ich hab's gemeldet im Krankenhaus, die wollen jemand schicken", sagte er einsilbig. Nach einiger Zeit kam tatsächlich ein Arzt, zu Fuß und im weißen Kittel. Er konnte aber nichts mehr tun als den Tod des Mannes festzustellen. Dieser Vorfall ging dem Jungen sehr unter die Haut. Vor allem die gefühllose Art der Nonne hatte ihn schockiert. Es dauerte lange Zeit, bis er das Erlebte verdaut hatte.

„Geh' weiter, den schnupfst jetzt! Reiß' di' z'samm, des packst doch leicht!" So ermunterte einige Wochen später der Sepp seinen Freund, der vor der mit Sand gefüllten Sprunggrube stand und kritisch die Höhe der Hochsprunglatte musterte. „Mensch, eins siebenundvierzig, das schaffst du doch leicht", fuhr er fort. „Neulich im Training bist du doch sogar über die eins fünfzig gekommen." „Laß' mich in Ruhe", erwiderte Heinz nervös, „ich muß mich konzentrieren und die Nerven behalten." Das war schwierig, weil erstens die vielen Zuschauer einen Mordslärm machten und weil es zweitens seine letzte Chance war. Zweimal hatte er die Latte gerissen, während seine Kontrahenten schon beim ersten Versuch erfolgreich gewesen waren. Noch einmal maß er mit kleinen Schritten im Rückwärtsgang die Distanz vom Punkt des Absprungs bis zur mutmaßlich optimalen Anfangsposition der kurzen Anlaufstrecke, deren Länge und Richtung mit ausschlaggebend für den Erfolg waren. Mit geschlossenen Augen wippte er einige Male auf der Stelle und lief dann federnd im leichten Bogen auf die Grube zu. Schon im Absprung aber merkte er, es würde nicht klappen. Er war zu nahe an der Latte abgekommen und riß sie von unten mit dem Knie, dem untersten Punkt des Körpers beim Rollerstil, von der Auflage. Ein Raunen der Enttäuschung ging durch die Zuschauermenge. „Schade", sagte der Sepp bedauernd, „schade. Da wäre mehr drin gewesen!" Nun konnten sie nur noch zuschauen, wie die beiden übrig gebliebenen Konkurrenten die nächsten Höhenmarken meistern würden. „Ich bin gespannt, wer besser ist", meinte Heinz und setzte sich seitlich neben den Zuschauern ins Gras. Es wurde tatsächlich interessant, denn die zwei Matadore, der Franke und der Nuscheler aus der achten Klasse, lieferten sich ein spannendes Duell. Beide scheiterten zunächst beim ersten und auch beim zweiten Versuch über einen Meter und siebenundvierzig, dann kam Franke unter lautem Jubel seiner Anhänger ganz knapp drüber. Atemlose Stille. Beppo Nuscheler, ein langer, kräftiger Junge mit athletischem Körperbau, stellte sich in Position, lief ohne irgendwelche Präliminarien sofort los und kam drüber, wobei er die Latte leicht touchierte. Die wackelte und drohte unter dem angstvollen Stöhnen der Zuschauer herunter zu fallen, kippte dann aber wieder in ihre alte Position zurück, was ein lautes Triumphgebrüll der Menge zur Folge hatte. Bei der nächsten Höhe von einem Meter einundfünfzig riß dann der Beppo bei allen drei Versuchen, während Franke beim zweiten Mal zum Erfolg kam und danach auch noch die eins fünfundfünfzig schaffte, bevor es bei eins neunundfünfzig endgültig aus war. „Das war knapp" kommentierte Sepp. „Aber du hättest leicht zweiter werden können, wenn du nicht so nervös gewesen wärst." „Da hätte ich ja die eins fünfundfünfzig packen müssen", antwortete Heinz. „Das habe ich doch noch nie geschafft!" „Wieso, stimmt doch gar nicht" war die Antwort. „Kennst du denn das Reglement nicht? Wenn du die eins siebenundvierzig übersprungen hättest beim ersten oder zweiten Versuch, wärst du doch vor dem Nuscheler gewesen. Der hat's ja erst beim dritten Mal geschafft!" „Ist auch wieder wahr. Aber ist doch egal! Jetzt bin ich eben dritter, das ist doch auch was. Und die sind halt auch zwei oder drei Jahre älter als ich." „Das sagt gar nichts", erwiderte der Freund. „Im Sport macht das keinen großen Unterschied. In unserer Altersgruppe ist es egal, ob du achtzehn bist oder zwanzig. Auf die Kondition kommt's an und ob du trainiert hast. Und natürlich auf die Nerven, aber da hat's bei dir gefehlt heute." „Ich bin erst siebzehn", widersprach Heinz, und der Sepp schloß den Disput mit dem lapidaren Satz: „Das kommt auf's gleiche 'raus. Zu wenig konzentriert warst du, oder du hast Angst gehabt vor den anderen".

Die Freunde waren an diesem Tag des Schulsportfestes schon früh am Sportplatz erschienen, weil ja vor Wettkampfbeginn alles hergerichtet werden mußte. Zwar hatte Konstantin Grimm, der neben Inno Stangl, dem Olympiasieger von sechsunddreißig, als zweiter Sportlehrer an der Oberrealschule wirkte, einige Nichtkombattanten aus den unteren Klassen für diverse Hilfsdienste eingeteilt. Aber die wichtigen Dinge, von denen möglicherweise Erfolg oder Mißerfolg abhängen konnte, wollten sie doch lieber selber erledigen. So hatten sie mit Spaten und Grabgabel zunächst den Rasen am Rand der Sprunggrube sauber abgestochen und dann den verhärteten Sand umgegraben, dabei auch einige größere Steine gefunden und entfernt. „Da kann man sich sauber verletzen", hatte der Sepp gesagt und ärgerlich eine zum Glück nicht zerbrochene Bierflasche beiseite gelegt. „Was für Rindviecher haben denn so was hinterlassen?" Auch die hölzernen Ständer für die Hochsprunglatte hatten sie nicht ohne Schwierigkeiten möglichst nah am Rand der Grube plaziert. Die drohten immer wieder umzufallen und mußten erst durch

Unterlegen einiger Steinplatten stabilisiert werden, die sie am Rand des Platzes gefunden hatten. Zum Schluß hatten sie an der Aschenbahn noch die Startlöcher für den Hundertmeterlauf inspiziert und den ärgsten Dreck herausgekratzt, bevor sie sich dann endlich auf den eigentlichen Wettkampf einstellen konnten.

Sie hatten soeben die sechste Klasse hinter sich gebracht, das Schuljahr schloß traditionsgemäß wie immer mit einem Schulsportfest. Das Wetter war sonnig und warm an diesem ersten Montag im Juli, geradezu ideal für Sport und Spiel. Es hatten sich viele Zuschauer eingefunden, hauptsächlich Schüler, aber auch einige interessierte Weilheimer Bürger waren erschienen, denn die Veranstaltung war groß in der Presse angekündigt worden. „Sogar der Bürgermeister will kommen", wußte Rasso Weyerer, der an diesem Tag seine letzten Stunden im Kreis der Weilheimer Schulkameraden genoß, weil er auf Wunsch seiner Eltern als Internatsschüler nach Landsberg wechseln sollte. „Das ist in der Zeitung gestanden, daß der Machon kommt". „Mir soll's recht sein", sagte Heinz, „wenn er's für wichtig hält. Aber obacht, jetzt geht's weiter".

„Ja, gleich komm' ich", sagte er zu Inno Stangl, der ihn jetzt aufforderte, sich für die Ausscheidung im Weitsprung bereit zu machen. „Ich muß nur noch kurz meine Spikes ausziehen. Da ist ein Steinchen drin im rechten Schuh". Aber er brachte wieder nicht die erwartete Leistung. Er übertrat bei allen drei Sprüngen, da half es auch nicht, daß er zweimal über sechs Meter zehn gekommen wäre, wenn er nicht das Absprungbrett um die Länge einer Schuhspitze verfehlt hätte. Das war das Vertrackte am Weitsprung. Es war sehr schwierig, den Anlauf so zu gestalten, daß man nicht zu weit vor dem Brett absprang und dadurch wertvolle Zentimeter verschenkte. Andererseits, wenn man übertrat, war der Sprung ungültig. Das richtige Maß zu finden, erforderte Erfahrung und eine Portion Glück. Man merkte es ja meist am Ende der Anlaufstrecke kurz vor dem Absprung, daß es nicht hinhauen würde, aber dann war es zu spät. Legte man nämlich im allerletzten Augenblick noch einen kürzeren Schritt ein, dann verlor man an Geschwindigkeit. Der Schwung war dahin, das ging auf Kosten der Weite. Heinz ging lieber voll ins Risiko, was aber dazu führte, daß er häufig vorzeitig ausschied. Manche hatten auch allerlei Geheimrezepte und vermaßen die Anlaufstrecke, indem sie mit abgezirkelten Schritten und nach irgendwelchen geheimen Zählmethoden den besten Startpunkt zu ermitteln versuchten. Der Sepp hatte mehr Glück an diesem Tag und wurde mit sechs Meter fünf zweiter hinter dem Nuscheler Beppo, der fünf Zentimeter mehr schaffte. Walter Hapfelmeier aus dem gleichnamigen Schuhgeschäft wurde dritter, ebenfalls mit sechs Meter fünf. Er war aus der Siebten und ein Klassenkamerad vom Herbert Scharr, dem guten Freund schon aus frühen Kindertagen. Der Scharre war allerdings ziemlich unsportlich und nahm an solchen Veranstaltungen nicht teil, was aber der Freundschaft keinen Abbruch tat.

Beim Hundertmeterlauf war Heinz dann wieder voll dabei, wurde aber mit zwölf Komma sechs Sekunden auch wieder nur dritter hinter dem Sepp mit zwölf vier und dem Nuscheler Beppo mit zwölf drei. Er war zwar im Training schon ein paarmal unter der magischen Marke von zwölf null geblieben, aber man wußte nie so genau, ob die Zeitmessung mit der Stoppuhr überhaupt präzise genug war. Die Schwierigkeit in dieser Disziplin war neben der nötigen Sprintfähigkeit der Start. Die Läufer erwarteten ja das Startsignal in vorgebeugter Hocke, mit den Füßen in den Startlöchern, die Fingerspitzen vor sich auf der Aschenbahn aufgestützt. In dieser unbequemen Haltung erwarteten sie das Kommando „auf die Plätze". Bei „fertig" erhob man sich aus der tiefen Hocke, wobei die Finger aber noch immer Bodenberührung halten mußten. Das Kommando „los" oder ein Schuß aus der Startpistole war dann der kritische Augenblick. Lief man zu früh los, dann gab es einen ärgerlichen Fehlstart, der zwar wiederholt werden durfte, der aber an der Kondition und an den Nerven nagte. Durch eine verspätete Reaktion verschenkte man wertvolle Zehntelsekunden. Außerdem kam es sehr darauf an, gegen wen man lief. Da nicht alle Kontrahenten gleichzeitig an den Start gehen konnten, gab es Duelle mit einem, höchstens mit zwei anderen Läufern, die durch Auslosung bestimmt wurden. Waren diese Läufer schwach, so blieben sie hinten und waren während des Sprints nicht zu sehen. Dadurch fehlte der richtige Wettkampfdruck, und das kostete in aller Regel einige Zehntelsekunden. Er hatte Glück an diesem Tag. Er lief gegen einen Schüler aus der Klasse unter ihm, der aber in seinem Alter war. Franz Klein war ein sehr guter Kurzstreckenläufer, er sah ihn während des ganzen Laufes neben sich, das war ein enormer Ansporn. Er schlug ihn um eine einzige Zehntelsekunde.

Den Nachmittag verbrachten sie dann als Zuschauer auf dem Gelände. Es war sehr heiß geworden, fast tropisch, und sie waren froh, daß die Leichtathletikwettkämpfe schon hinter ihnen lagen.

„Mensch, der Zulu ist schon eine komische Figur", meinte der Denninger Horst geringschätzig. Seine Kritik galt dem Oberstudienrat und stellvertretenden Anstaltsleiter August Lipp, dem Mathematiker. Der wirkte tatsächlich ziemlich unsportlich in seiner etwas zu langen Lederhose über den blassen Schulmeisterbeinen, wie er da in normalen Straßenschuhen auf dem gesandeten Spielfeld versuchte, den Ball zu treffen. Aber Sepp, der stets eine abgewogene und korrekte Meinung vertrat, nahm den so Geschmähten in Schutz. „Ich finde es toll, daß er überhaupt mitmacht", sagte er, und da mußten ihm die anderen recht geben. Der Lipp gehörte zur Lehrermannschaft, und die lieferte sich ein gar nicht so schlechtes Faustballspiel gegen die Schüler der Sechs B, der Parallelklasse der Freunde. Die schlugen sich wacker, mußten sich aber am Ende geschlagen geben. „Die haben ja gut gespielt, die Lehrer", kommentierte Heinz das Ergebnis, „das muß ihnen der Neid lassen. Aber es sind ja auch sportliche Typen dabei, wie der Degen!" Studienrat Kurt Degen, Mathematiklehrer wie der Lipp, hatte mit seiner athletischen und durchtrainierten Figur wirklich eine herausragende und entscheidende Rolle auf dem Platz gespielt.

Dann kam die Siegerehrung. Diesmal gab es Medaillen für die drei Besten in den Einzelwertungen, und das war ein absolutes Novum. Heinz bekam zwei bronzene und Sepp zwei silberne Plaketten. „Also, das finde ich prima, daß der Rex sogar Medaillen hat machen lassen", sagte Sepp nachher anerkennend. „Der Ruider ist schon Klasse!" „Vielleicht hat ihn ja auch erst der Stangl dazu gebracht", schränkte Heinz das Lob ein. „Aber der Rex hat's genehmigt und das Geld locker gemacht", beendete der Freund die Diskussion.

Es war noch keine Woche vergangen, da nahmen die drei Freunde bereits wieder an einer Sportveranstaltung teil. Am zweiten Julisonntag wurden in Schongau die Leichtathletik-Kreismeisterschaften ausgetragen. Das hatten sie einem Bericht in der Zeitung entnommen. Sepp hatte den Artikel entdeckt. „Da machen wir mit", entschied er. „Geht denn das überhaupt?" fragte Horst Denninger zweifelnd. „Wir sind doch gar nicht angemeldet, da müßten wir ja wenigstens in einem Sportverein sein". „Natürlich geht das", stellte Sepp mit Bestimmtheit fest. „Da braucht's keinen Sportverein. Wir sind in der Weilheimer Oberrealschule, das ist mindestens genau so viel wert. In dem Bericht steht nichts von einem Sportverein. Da steht aber drin, daß Jugendliche aus allen angrenzenden Landkreisen mitmachen können. Und der Landkreis Weilheim grenzt doch wohl an den Landkreis Schongau, oder vielleicht nicht? Das sind nämlich Zugspitzmeisterschaften. Also! Wir nehmen unsere Schulausweise mit und den Zeitungsbericht über das Schulsportfest, das muß genügen". „Aber ich steh' ja gar nicht drin in dem Zeitungsbericht", meinte Horst, „weil ich nur Vierter geworden bin". Aber Sepp ließ sich nicht beirren. „Ist doch egal. Wirst sehen, das geht alles, und im Zweifelsfall bürgen wir für dich!" Damit war der Fall für ihn klar.

An dem besagten Sonntag lösten sie drei Rückfahrkarten und bestiegen den Bummelzug über Peißenberg nach Schongau. Dort angekommen mußten sie erst nachfragen, wo denn der Austragungsort eigentlich lag, und sie kamen dann auch ziemlich verfrüht an auf dem etwas außerhalb der Stadt auf einer Anhöhe gelegenen Sportplatz. Es waren erst wenige Teilnehmer zu sehen, aber die Organisatoren vom TSV Schongau hatten unter einem Sonnenschirm einen Tisch als improvisiertes Büro aufgestellt. Sie gingen hin, und Heinz sagte mit einem leicht mulmigen Gefühl, sie kämen aus Weilheim, von der Oberschule, und sie hätten den Wunsch, bei den Meisterschaften mitzumachen. „Kein Problem", war die Antwort. „Habt ihr einen Ausweis dabei, damit ich nachprüfen kann, ob ihr wirklich aus Weilheim kommt?" „Nur unsere Schulausweise", sagte Sepp „Das genügt vollkommen", erwiderte der Offizielle. „Ihr könnt teilnehmen. Nur euer Alter brauche ich noch. Ihr werdet ja wohl bei der Jugend antreten. Ach ja, und in welchen Disziplinen ihr mitmachen wollt, muß ich noch wissen"

„Siehst du, was hab' ich gesagt", kommentierte Sepp die Anmeldeformalitäten. „Ist doch alles ganz kurz und schmerzlos gegangen! Was machen wir aber jetzt, bis es los geht? Wir haben ja noch ein paar Stunden Zeit".

Zum Glück wurde an diesem Tag auf der eigens gesperrten bergigen Staatsstraße unterhalb des Sportgeländes ein Seifenkistlrennen ausgetragen, und die Zeit verging ihnen wie im Fluge als Zuschauer bei den Ausscheidungskämpfen der kindlichen Rennfahrer, die mit viel Begeisterung, Geschrei und Mut die steile Abfahrt in ihren selbst gebastelten Kisten hinunter holperten. Sogar ein motorisiertes Kinderauto in stromlinienförmiger Blechbauweise war zu sehen, natürlich außer Konkurrenz und nicht auf der Rennstrecke.

Die Wettkämpfe verliefen dann recht erfolgreich für die drei, wenngleich Horst Denninger als ewiger Pechvogel wieder nur auf einem undankbaren vierten Platz im Hundertmeterlauf landete. Heinz aber war dieses Mal in Höchstform. Er wurde in allen vier ausgewählten Disziplinen erster, wenn er auch zum Teil unter den Bestmarken blieb, die er im Schultraining schon erreicht hatte. „Das liegt an der schwachen Konkurrenz, da ist man nicht so gefordert", erklärte Sepp, der mit zwei zweiten und zwei dritten Plätzen auch recht gut abgeschnitten hatte. „Aber man kommt leichter auf erste Plätze, wenn die anderen nicht so gut sind", vervollständigte Heinz die Manöverkritik. „Und du hast Glück gehabt, weil einem anderen ein Unglück passiert ist", meldete sich Horst zu Wort. „Ja, der arme Kerl", sagte Heinz etwas bedrückt. „Der hat wirklich Pech gehabt! Da ist aber auch die unordentlich hergerichtete Sprunggrube dran schuld. Bei uns geht's da nicht so schlampig zu in Weilheim". Beim Hochsprung war er nämlich nur deshalb zum Sieg gekommen, weil sein stärkster Konkurrent bei einem der letzten Sprünge nicht im weichen Sand, sondern hart auf dem Rand der etwas zu klein aus der Rasenfläche ausgestochenen Sprunggrube gelandet war, und zwar mit dem Oberkörper voran, so daß er sich das Schlüsselbein brach, wie sie später erfuhren. Damit war er außer Gefecht gesetzt. Beim letzten Durchgang gelang Heinz dann ein Sprung über eine Höhe von eins neunundfünfzig, an welcher der einzige noch verbliebene Mitbewerber scheiterte.

Daß er beim Weitsprung diesmal vor dem Sepp und dem alten Klassenkameraden Lois Schweikl aus Schongau landete, freute ihn ganz besonders, obgleich die erreichte Weite von nur fünf Meter achtundsiebzig weit hinter früheren Ergebnissen zurückblieb. „Das kommt eben von dem mangelnden Konkurrenzdruck", kommentierte Sepp das Ergebnis. „Wenn der Nuscheler Beppo dabei gewesen wäre, der hätte uns schon eingeheizt!" Aber die Jugendlichen aus Schongau, Peiting oder Partenkirchen waren eben wirklich schwache Gegner gewesen. „Daß der Beppo da nicht mitgemacht hat", wunderte sich Heinz. „Als Peißenberger hätte er doch ohne weiteres teilnehmen dürfen". „Der kann wahrscheinlich daheim nicht weg", vermutete der Sepp. „Kann sein, daß er daheim im Ledergeschäft bei seinem Vater mithelfen muß. Vielleicht gibt's da auch am Sonntag was zu arbeiten!"

Danach mischten sie sich zufrieden unter die wenigen Zuschauer und verfolgten entspannt die Ausscheidungen bei den Herren, bei denen Sepps älterer Bruder Ernst je einen zweiten Platz beim Weitsprung und beim Fünfkampf belegte. Der sagte am Ende, als alle Wettbewerbe vorüber waren: „Ihr habt euch ja gut gehalten heut'. Medaillen gibt's zwar nicht wie bei euerem Weilheimer Schulsportfest, aber immerhin, ihr seid überall auf den ersten Plätzen. Das find' ich schon toll, so auf Anhieb!" Aber daß die Schongauer nicht nur schwache Gegner, sondern auch ein wenig unfair waren, das zeigte sich am Ende der Veranstaltung. Es gab zwar eine Siegerehrung für die Herren- und auch für die Damenriege, nicht aber für die männliche Jugend. Vermutlich waren sie beleidigt, weil ihnen von den ungebetenen

Gästen aus Weilheim so viele Plätze abgenommen worden waren. „Das ist eigentlich schon ein bißchen schofel", urteilte Sepp etwas enttäuscht. „Und unsportlich", ergänzte Heinz. Sogar in dem Bericht in der Schongauer Heimatzeitung, den ihnen der Lois eine Woche später mit der Post schickte, wurden sie nur am Rande erwähnt.

Klassenausflug

Alle schrieen durcheinander: „Zum Baden an den Staffelsee!" „ Lieber eine Kulturreise nach Herrenchiemsee!" „Schloß Linderhof!" „Auf den Hohenpeißenberg!" „Deutsches Museum!" „Kirchen im Pfaffenwinkel!" Ursache des Stimmengewirrs war der Vorschlag des Jungen, man solle doch zum Abschluß des Schuljahres wieder einen gemeinsamen Ausflug unternehmen, und seine Frage, ob der Klaßleiter bereit sei, als Begleitperson dabei zu sein wie im Vorjahr.
„Es wäre schön, wenn sie sich einigen könnten", sagte Studienrat Heinrich Wolfart, der Bubi, in leicht vorwurfsvollem Ton. „Ich gehe ja gerne mit, wenn sie unbedingt wieder einen Klassenausflug machen wollen, aber es müssen schon alle einverstanden sein, wohin es eigentlich gehen soll. Kees, machen doch sie einen Vorschlag!" „Ich komme ja gar nicht mit", erwiderte der Sepp, „ich kann diesmal nicht weg daheim, ich muß mithelfen, wir haben einen Umbau an den Stallgebäuden". Sepps Vater war Gutsverwalter auf Gut Hirschau bei Steingaden, und er bestand unerbittlich darauf, daß sein Letztgeborener wenigstens in den Ferien fleißig in der Landwirtschaft mithalf, wenn er schon im Gegensatz zu seinem Bruder Ernst das Privileg einer höheren Schulausbildung genießen durfte.
Schulausflüge waren im Lehrplan ja eigentlich ohnehin nicht vorgesehen. Aus diesem Grunde hatten sie im vergangenen Jahr auf eigene Faust einen gemeinsamen Ausflug organisiert, eine Bergtour ins Soierngebiet zu Beginn der großen Ferien, und der Bubi hatte sich bereit erklärt, als schulische Aufsichtsperson mitzukommen, wodurch der Ausflug einen gewissen offiziellen Anstrich bekommen hatte, wenngleich der Rex hatte ausrichten lassen, das ganze sei rein privater Natur, vor allem, was die Haftungsfrage angehe. Das war ihnen aber egal gewesen, es war ja auch nichts passiert, und es war auch eine wirklich sehr schöne Tour geworden.
„Also, was machen wir jetzt" sagte der Bubi. „Staudinger, haben sie sich was überlegt?" Heinz hatte schon im Vorfeld eine Bergtour ausgearbeitet, zusammen mit seinen Freunden Horst Denninger und Sepp Kees, auch wenn der jetzt nicht mitkommen konnte. Auf die Meilerhütte im Wettersteingebirge solle es gehen, erklärte er, das sei interessant, weil der unschwierige Aufstieg durch die Partnachklamm führe und man dabei sogar am Königshaus vorbei komme, das sei eine prunkvolle Hütte, die König Ludwig der Zweite habe errichten lassen. Es gab zwar Widerspruch von seiten einiger Mädchen, aber der blieb erfolglos mangels fundiert ausgearbeiteter Gegenvorschläge. „Und am nächsten Tag gehen diejenigen, die sich das zutrauen, auf die Dreitorspitze. Da geht ein seilversicherter Weg

hinauf, der Hermann-von-Barth-Weg, ganz einfach auch für Ungeübte", ergänzte Heinz seinen Vorschlag, der damit ohne weitere Diskussion angenommen war. Einige Mitschüler hatten allerdings kein Interesse an Bergtouren und waren deshalb etwas verärgert, andere hatten schon etwas anderes vor in der ersten Ferienwoche, so daß nur acht Unentwegte an dem Ausflug teilnahmen, und der Bubi als Aufsichtsperson. Der legte ihnen noch besonders ans Herz, daß sie für diese Tour eine ausreichende bergsteigerische Ausrüstung benötigten. „Vor allem gutes Schuhwerk ist wichtig", sagte er, „und einen Regenschutz sollten sie auch dabei haben, einen Anorak vielleicht oder eine Zeltplane". Aber so etwas hatten die wenigsten. „Dann werden wir halt naß, wenn's regnet", meinte einer. „Aber die Schuhe sind schon wichtig", hielt Wolfart an seinem Vorschlag fest. „Ohne gute Schuhe will ich morgen keinen sehen!"

So trafen sie sich am Dienstag der ersten Ferienwoche in aller Herrgottsfrühe mit ihren voll bepackten Fahrrädern im Schulhof. Dort warteten sie fröstelnd, bis auch der Bubi als letzter eingetroffen war, und dann fuhren sie auf der Olympiastraße über Murnau und Farchant nach Partenkirchen, wo sie hinter Kainzenbad am Eingang zur Partnachklamm die Räder abstellten und durch die wildromantische Schlucht dem Reintal zustrebten. Dann ging es nach links in steilen Serpentinen hinauf Richtung Oberreintal und Schachenhaus. Entgegen der alpinen Gepflogenheit alter Berggeher legten sie ein sehr schnelles Tempo vor, bis Ursel Ostermeier, das einzige Mädchen in der Gruppe, laut protestierte. „Ihr stiert ja wahnsinnig", sagte sie und blieb schwer atmend stehen. „Muß das denn sein? Mir ist das zu schnell, und ich möchte doch was sehen und die Aussicht genießen während des Aufstiegs. Also, ein bißchen langsamer geht's doch auch, wir haben ja den ganzen Tag Zeit!" Da hatte sie recht, und die Aussicht auf die Felsriesen des Wettersteinkamms war ja wirklich beeindruckend, wenn auch einige der Gipfel in dicke Wolken gehüllt waren. Auch Professor Wolfart plädierte für eine langsamere Gangart „mit Rücksicht auf die Dame", wie er sich ausdrückte. Aber es war ihm wohl auch ein bißchen die Luft ausgeblieben, was er aber durch seine Wortwahl geschickt zu verschleiern wußte. Am Schachenpavillon legten sie eine Brotzeitpause ein, sie besichtigten den unter dem Bayernkönig angelegten botanischen Alpengarten und bewunderten das Königshaus, das nach den Plänen des exzentrischen Monarchen im Stil eines Schweizerhauses gebaut worden war. „Innen soll es sehr prunkvoll sein, da gibt es einen türkischen Saal mit orientalischem Interieur", erläuterte der Bubi. „Schade, daß man es nicht besichtigen kann!" Dann ging's weiter. Der Weg wurde immer steiler, und nach einem letzten Aufschwung erreichten sie die in einer Scharte zwischen Dreitorspitze und Törlspitzen gelegene Meilerhütte. „Die Hütte liegt genau am Grat, direkt an der Grenze zwischen Bayern und Tirol", sagte der Bubi und zeigte auf ein ovales Schild mit der Aufschrift „Halt, Landesgrenze, Attention Frontier", und Horst Denninger ergänzte: „Wenn ich jetzt einen Schritt weiter gehe, bin ich schon im feindlichen Ausland." „Ja", erwiderte Wolfart, „aber morgen werden wir die Grenze sowieso überschreiten. Der Klettersteig zum Gipfel verläuft ja auf der

Südseite, also auf österreichischem Staatsgebiet." „Darf man denn da so ohne weiteres hinüber", fragte Heinz zweifelnd, „so ganz ohne Paß und Visum? Ich habe gar nicht gewußt, daß man da über die Grenze muß. Mein Tourenführer stammt noch aus der Zeit von vor dem Krieg. Da hat Österreich noch zu Großdeutschland gehört!" „Die Deutsche Ostmark, heim ins Reich haben sie geschrieen, und jetzt wollen sie uns nicht mehr hineinlassen", lästerte Horst und grinste dabei hintergründig, und Heinz ergänzte die Kritik an dem Nachbarstaat: „Das hat der Leopold Figl gesagt, der österreichische Bundeskanzler. Wir brauchen keine Deutschen bei uns, hat er gesagt". „Bitte keine politischen Debatten jetzt", sagte Professor Wolfart. Er wirkte verärgert, was bei ihm selten vorkam. „Zurück zum Thema. Da oben sind keine Grenzer oder Zöllner, da wird nicht kontrolliert. Aber wenn wir absteigen würden auf der Leutascher Seite, da kämen wir natürlich nicht durch! Reisepässe sind schwer zu kriegen, da schaltet sich immer noch die alliierte Hochkommission ein, die haben die Paßhoheit bei uns. Man muß viele Formulare ausfüllen, und ich als Erwachsener müßte sogar meinen Entnazifizierungsbescheid vorlegen."

Der Hüttenpächter zeigte ihnen ihre Schlafstätten im Matratzenlager. „Ist denn außer uns niemand heroben?", fragte Heinz. „Nein", sagte der Wirt, „ihr seid die einzigen bis jetzt. Das Wetter ist ja auch nicht besonders gut, und der Weg ist doch ziemlich lang. Außerdem ist's ja mitten unter der Woche. Aber es kommen bestimmt noch ein paar herauf im Lauf des Tages". „Überholt hat uns niemand während des ganzen Aufstiegs", konstatierte der Bubi, „und es ist uns auch keiner entgegengekommen in den fünf Stunden". „Am Wochenende werden's schon mehr", sagte der Wirt fast entschuldigend. „Gibt's denn noch was zu essen um diese Zeit?" fragte Professor Wolfart. Der Wirt bejahte: „So spät ist's ja noch nicht! Eine Erbswurstsuppe könnt' ich anbieten, und Pfannkuchen oder ein Tiroler G'röstl wär' auch möglich, alles ohne Lebensmittelkarte seit kurzem". „Ja, dann gehen wir doch einmal hinein". Einige gaben ihre Bestellung auf, aber die meisten sparten sich lieber das Geld und packten ihre mitgebrachten Wurst- und Käsevorräte aus. Der Wirt konnte sogar Bier ausschenken, nicht ohne zu bemerken: „Es ist natürlich schon ein bißchen teurer als drunten im Tal. Ich muß ja alles erst mit dem Muli herauftransportieren vom Schachenhaus". „Da trink' ich lieber meinen Tee", sagte Heinz und holte eine seiner zwei Wehrmachtsfeldflaschen hervor, welche die Mutter nach altem Bergsteigerbrauch mit stark gesüßtem schwarzem Tee mit viel Zitrone gefüllt hatte.

Gegen Abend kamen noch einige andere Bergsteiger dazu, und es wurde richtig gemütlich in dem Aufenthaltsraum. Der Bubi fragte den Wirt nach einer Gitarre, und dann intonierte er auf der Klampfe die alten Wandervogel- und Bergsteigerlieder, welche er auch schon bei ihrem Klassenausflug vor Jahresfrist auf der Soiernhütte gespielt hatte, und sie sangen mit Begeisterung immer wieder den Refrain: „Drunt' in der greana Au, steht a Birnbaum schee blau, juchhe, drunt' in der greana Au, steht a Birnbaum schee blau" mit dem ständig weitergeführten Frage- und Antworttext: „und was is an dem Baum? A wunderscheener Ast. Ast am

Baum, Baum in der Au. Drunt' in der greana Au, steht a Birnbaum schee blau, juchhe, drunt' in der greana Au, steht a Birnbaum schee blau ..." Und so ging es weiter über Zweig am Ast, Nestl am Zweig, Oar im Nestl, Vogerl vom Oar, Federl vom Vogerl, Betterl vom Federl bis zum Maderl im Betterl. Und wenn sie fertig waren, fingen sie wieder von vorne an, oder sie sangen das Lied vom schönen Westerwald, das sie noch aus der Hitlerjugendzeit gut kannten, oder auch die bedeutende Moritat von der Sau: „D' Sau, d' Sau, d' Sau hod an schweinern' Kopf und, und, vier Hax'n aa, und, und, wenn ma' s' genau betracht', hod's, hod's, hod's an Schwanz aa ..."

Als es dann gegen zehn Uhr abends ging, legte Heinrich Wolfart sein Instrument beiseite und sagte: „Herrschaften, jetzt ist Hüttenruhe! Sie haben morgen eine anstrengende Tour vor sich, es ist Zeit, sich in die Klappe zu hauen". Sie folgten der Aufforderung mit Bedauern. Als Heinz aus dem etwas außerhalb der Hütte gelegenen Waschraum zurückkam, stand der Lehrer auf der Treppe, die zum Matratzenlager führte. Er hatte ein Glas mit gemahlenen Kaffeebohnen in der Hand, aus dem er mit einem Löffel eine Portion des braunen Pulvers zum Munde führte. „Das brauche ich für die Pumpe", erklärte er, und als er den erstaunten Blick des Jungen bemerkte, griff er an seine linke Brustseite. „Ich bin ja nicht mehr ganz so jung wie sie, und es hat mich schon ein wenig geschlaucht alles", und nach einer kleinen Pause fügte er hinzu: „Ich werde morgen nicht mitgehen auf den Gipfel. Staudinger, sie übernehmen die Verantwortung. Passen sie auf, daß keiner was Leichtsinniges macht und daß nichts passiert!" „Ja", sagte der Junge überrascht und etwas ratlos. „Ich paß' auf, daß nichts passiert".

Wie immer vor Bergtouren konnte er lange nicht einschlafen, zumal ihm die Frage im Kopf herum ging, warum der Lehrer ausgerechnet ihn in die Pflicht genommen hatte. Nicht, daß er sich vor der Verantwortung gefürchtet hätte. Sorge bereitete ihm eher die Frage, wie er seinen Klassenkameraden die ungewohnte Rolle als Bergführer erklären sollte. „Es wird schon irgendwie werden", dachte er, „morgen wird mir schon was einfallen".

Es war dann aber ganz einfach. Als einer nach dem Frühstück fragte, wo eigentlich der Bubi bleibe, sagte er: „Der Wolfart geht nicht mit auf den Gipfel, er fühlt sich nicht wohl. Er hat gestern zu mir gesagt, ich soll die Führung übernehmen, weil ich doch die ganze Tour geplant habe und weil ich ja auch den Alpenvereins-Tourenführer mit der genauen Beschreibung habe. Ich habe auch nochmal alles studiert und weiß genau, wie wir gehen müssen!" Es erhob sich kein Widerspruch, und erleichtert fuhr er fort: „Also, ich gehe voraus, und alle sieben folgen mir nach!"

Es waren aber nur noch sechs außer ihm, weil einer der Klassenkameraden Bedenken bekommen hatte und lieber doch nicht auf den Gipfel wollte. Die Tour verlief ohne jeden Zwischenfall. Zwar kam gleich am Anfang eine Stelle, wo ein steiles Wandstück mit einer Steigleiter aus in den Fels eingelassenen Eisenklammern zu überwinden war, aber sie waren ja alle jung und sportlich, wenn auch manche nicht besonders bergerfahren waren. Ein paar seilversicherte Passagen machten ihnen eher Spaß, und als sie nach einer kleinen Gratkletterei den Westgipfel der Dreitorspitze erreicht hatten, schüttelten sie sich gegenseitig die Hand, als hätten sie gerade eine Erstbesteigung geschafft. Leider war das Wetter immer noch wolkig und trüb, die Sicht reichte nicht besonders weit und es wehte ein kalter Wind von der Zugspitze herüber. Die meisten hatten kurze Hosen an, deshalb machten sie nur eine kleine Gipfelrast. „Ich geh' wieder voraus beim Abstieg", drängte der Junge zum Aufbruch, „nicht daß es noch zu regnen anfängt". „Wir könnten doch ein Lied singen", schlug Ursel Ostermeier vor, als sie nach Überwindung des bergab etwas schwierigen Gipfelgrats über gut zu begehende Schuttbänder abstiegen. „Was sollen wir denn singen", fragte einer, aber Hans Tensi stimmte einen Refrain an, der zwar nicht besonders in die alpine Landschaft paßte, der aber wohl ganz gut der Gemütsverfassung der kleinen Gruppe entsprach. Jedenfalls sangen die anderen sofort mit. Es war ein altes Lied, mit dem frühere Schülergenerationen einst ihren Ärger über den ungeliebten Lateinunterricht ausgedrückt hatten. „Cato, Cicero, summus Aristoteles ceciderunt in profundum lacum" tönte es in dumpfem, schauerlich von den Wänden widerhallendem Kanon, und sie ließen mit Wohlbehagen in ständig sich wiederholendem Singsang die zwei Römer und den Griechen so lange immer wieder im tiefen See versinken, bis sie den Vorplatz der Hütte erreichten, wo der Bubi sie kopfschüttelnd mit den Worten begrüßte: „Verrückte Gesellschaft. Ich bin aber froh, daß sie alle heil wieder herunten sind! Sie werden hungrig sein nach der anstrengenden Tour. Ich habe den Wirt gefragt. Wir können für wenig Geld einen großen Topf mit Reisbrei kriegen, mit viel Zucker und Zimt darüber". Da sagten sie nicht nein. Der Brei wurde auf dem grob gezimmerten Tisch im Freien vor der Hütte serviert. Alle acht saßen darum herum, und jeder bediente sich mit seinem Löffel aus der gemeinschaftlichen Schüssel.

Für den nächsten Tag hatten die beiden Freunde Horst und Heinz etwas besonderes vor, und sie weihten den Professor in ihre Pläne ein. „Wir möchten morgen noch auf die Zugspitze gehen, über das Reintal und das Platt", sagte Heinz. „Es ist ja überhaupt nicht schwierig, nur ein ziemlich langer Hatscher. Deshalb würden wir ganz früh aufstehen, vielleicht um drei oder vier. Dann kämen wir ziemlich sicher so rechtzeitig zurück, daß wir mit dem Radl nicht in die Nacht hineinkommen" Der Bubi zögerte etwas, aber als Horst auf ihre gute Kondition hinwies und noch einmal die völlige Ungefährlichkeit der Anstiegsroute betonte, sagte er: „Meinetwegen, sie sollen ihren Willen haben. Aber ich bitte mir aus, daß sie sich bei mir in Weilheim melden, sobald sie zu Hause sind". „Versprochen", sagte Heinz erleichtert. „Sie können sich auf uns verlassen!"

Sie schliefen nur kurz in dieser Nacht. Um drei Uhr in der Frühe packten sie ihre Sachen zusammen, ganz leise, um die anderen nicht zu wecken. Die Stiefel zogen sie erst draußen an. Nach einer kleinen Brotzeit aus dem Rucksack machten sie sich auf den Weg. Im Laufschritt rannten sie hinunter zum Schachenhaus, von da über steile Serpentinen zur Bockhütte und dann immer durch das Reintal, vorbei an der blauen Gumpe zur Reintalangerhütte. Nach dem mühsamen Aufstieg zur

Knorrhütte wurde wieder eine Brotzeit fällig, bevor sie sich auf den Weg über das Zugspitzplatt zum Schneefernerhaus machten. Da legten sie auf der Terrasse wieder eine Rast ein. „Hinein darf man ja nicht", sagte Horst verärgert, und Heinz ergänzte: „Off limits steht da. US-Army Recreation Facility. Überall, wo's schön ist, haben die Scheiß-Amis alles beschlagnahmt. Wie am Eibsee. Da darf man das Hotel auch nicht betreten!" „Das wär' aber sowieso viel zu teuer für uns, auch wenn wir hinein könnten", spann Horst den Gesprächsfaden weiter und fragte dann: „Was machen wir jetzt? Sollen wir noch bis zu Gipfel hoch?" „Ich glaub', wir können's packen", gab Heinz zur Antwort. „Es sind noch dreihundert Höhenmeter, also knapp eine Stunde. Abwärts geht's dann eh schneller. Also, das müßte schon noch gehen von der Zeit her, und das Wetter schaut auch gut aus". Oben am Münchner Haus war dann alles voller Halbschuhtouristen, die mit der Bergbahn gekommen waren. Die beiden hielten sich deshalb auch nur kurz dort auf und räumten etwas angewidert von dem Trubel nach wenigen Minuten das Feld. So kam es, daß sie diese riesenlange, wenn auch leichte Tour, für die manche zwei Tage veranschlagt hätten, an einem einzigen Tag bewältigten. Den Abstieg legten sie allerdings durchweg im Laufschritt zurück. Als sie etwas außer Atem den Eingang zur Partnachklamm erreichten, trafen sie sogar wieder auf die anderen. Die hatten einen gemütlich vertrödelten Tag auf der Meilerhütte und einen erholsamen Abstieg mit vielen Ruhepausen zum Schauen und Brotzeitmachen hinter sich. Der Bubi wunderte sich nicht schlecht über den Gewaltmarsch der beiden. „Aber ich bin froh, daß sie wieder zur Gruppe gestoßen sind. Mir ist wohler, wenn alle wieder beisammen sind", war seine abschließende Bemerkung. Alle waren zufrieden, die Fahrräder waren auch noch da, die Heimfahrt verlief ohne besondere Vorkommnisse. Sie fuhren alle zusammen noch bis zum Schulhof. Dort gingen sie etwas wehmütig auseinander. Jetzt konnten die großen Ferien beginnen. „Im neuen Schuljahr sehen wir uns dann wieder", sagte Heinrich Wolfart. Sie bedankten sich bei ihm für seine Rolle als Begleitperson. Dann fuhren sie nach Hause, ein jeder in eine andere Richtung.

Ein Absturz

Zwei Wochen vor Ende der großen Ferien wollte Heinz zusammen mit seinem Freund Rasso eine letzte Bergtour machen, bevor der als Internatsschüler auf das Gymnasium in Landsberg wechselte. Sie gingen gern in die Berge, das war nicht allzu teuer, zumal wenn man mit dem Fahrrad anreisen und auf der Hütte im Matratzenlager übernachten konnte, und als gesund galt es obendrein, so daß auch die Mutter nichts gegen diese Art von Freizeitbetätigung hatte. Nur die Großmutter jammerte: „Naa, muaß denn des sein? Des is doch so g'fährlich! Was da alles passieren kann! Ich taat's nicht erlauben, aber ich hab' ja nichts zum Sagen!" Der Junge wollte sie beruhigen. „Wir machen ja nichts Extremes, Großmutti. Wir gehen doch nur auf die Alpspitze, über die Schöngänge, und absteigen tun wir ins Höllental hinunter. Da ist alles seilversichert. Da kann überhaupt nichts passieren.

Und der Vati und der Onkel Walter, die haben doch als Schüler auch solche Touren gemacht, mit dem Großonkel Hans. Da hast du doch damals auch nichts dagegen gehabt". „Freilich hab' ich was dagegen gehabt", erwiderte die Großmutter, „aber der Onkel Hans hat sich ja immer durchgesetzt, und der Vater hat ihm recht gegeben. Was ich da immer Angst g'habt hab'!" „Ich mach' ein paar schöne Photos von der Tour", sagte er. „Da kannst du dann selber sehen, wie harmlos alles ist!" „Als ob man das auf so einem Bild sehen kann", erwiderte sie erbost, „aber ich sag' ja schon gar nichts mehr!" „Wir übernachten zweimal", erklärte er abschließend, „einmal auf der Barbarahütte und dann drüben in der Höllentalangerhütte. In drei Tagen sind wir wieder da!" Entgegen den Befürchtungen der Großmutter verlief alles ohne Zwischenfall und die beiden Freunde hatten das Gefühl, mit dieser Tour einen würdigen Abschied gefeiert zu haben, bevor Rasso nach Landsberg gehen mußte.

Die sonnigen Augusttage waren vorüber, am ersten Freitag im September sollte das neue Schuljahr beginnen. „Als ob das nicht bis Montag Zeit gehabt hätte", sagte Heinz verärgert, als er am gemeinsamen Frühstückstisch saß. „Heute ist doch sowieso bloß die Einschreibung, da sammeln sie nur die fünfzig Mark Schulgeld ein für das neue Schuljahr und verlesen die Schülersatzung. Der ganze Tag ist verpatzt". Vor die Mutter antworten konnte, klopfte es an der Küchentüre. Es war Frau Duras, die als Nachhut der Familie Wander zusammen mit ihrer zehnjährigen Enkelin immer noch zur Untermiete in dem früheren Speisezimmer wohnte. Erich Wander, ihr Sohn, war im Jahr fünfundvierzig als wohnungssuchender Heimatvertriebener vom Einwohneramt eingewiesen worden, die Mutter hatte aber auf seine Bitte hin später auch die übrige Familie aufgenommen. „Für kurze Zeit", wie er damals gesagt hatte, „damit sie aus dem Flüchtlingslager herauskommen". Daraus waren aber fast fünf Jahre geworden. Erst jetzt war Herr Wander mit seiner Frau Lia und der jüngeren Tochter Erika nach Stuttgart umgezogen, wo er eine Anstellung als Ingenieur gefunden hatte. Ingrid, die ältere, sollte aber noch in Weilheim bleiben, weil sie vor kurzem die Aufnahmeprüfung für das Gymnasium bestanden hatte und nun auch hier eintreten sollte. Frau Duras, die Großmutter, war als Aufsichtsperson ebenfalls noch dageblieben. „Ich habe keinen Radioempfang mehr", klagte sie. „Ich glaube, der Sturm hat heute Nacht die Antenne heruntergerissen. Aber ich kenne mich da nicht so aus". „Du könntest das doch einmal anschauen", wandte sich die Mutter an Heinz. „Hast du noch so viel Zeit?" „Ja, ja, ich schau' mal nach", antwortete er. „Ich geh' gleich mit". Das Radiogerät stand auf einem Nachtkästchen direkt neben dem Fenster. Er öffnete einen Flügel und sah hinaus. „Der Sturm hat wirklich eine Leitung heruntergerissen", sagte er. „Ich probier' mal, ob ich's richten kann. Es ist aber gar nicht die Antenne, sondern die Erdleitung!" Für einen guten Empfang brauchte man ja nicht nur eine möglichst lange Antenne. Der Apparat mußte auch geerdet sein. Deshalb führte eine nicht isolierte Kupferlitze von der Rückseite des Rundfunkempfängers hinaus ins Freie. Der Draht war zwischen Fensterrahmen und Flügel hindurchgeführt und oben an der Dachrinne befestigt worden. Jetzt hatte er sich aus der dort angebrachten

Klemme gelöst. „Ich steig' mal raus", kündigte er an, aber Frau Duras hatte den Raum schon wieder verlassen. Er zog ein wenig an der Litze, die in einem ungeordneten Knäuel auf dem Kästchen hinter dem Radioapparat lag, faßte den Draht mit der Linken, schwang sich auf das innere Fensterbrett, hielt sich mit der Rechten an dem hölzernen Fensterladen fest und trat nach draußen auf das Fensterblech. Das Fenster lag im ersten Stock. Unter ihm, neben dem hohen Sockel des Erdgeschosses, war eine Stufe in dem betonierten Gehweg, der um das Haus herumführte. Trotz eines mulmigen Gefühls ließ er den Laden los und griff schnell nach oben, um sich nun an der Dachrinne festzuhalten. Im gleichen Augenblick durchzuckte ihn ein nie gekannter Schmerz. Von seiner linken Hand über das Ellenbogen- und Schultergelenk, durch den ganzen Brustkorb hindurch und rechts wieder bis zu der Hand an der Dachrinne zuckten hackende und pulsierende Schmerzwellen. Es war, als tobe ein Dampfhammer innerhalb seines Knochengerüstes, und Muskelkrämpfe durchliefen seine ausgestreckten Arme. „Ich hänge am Strom", dachte er, „ich muß loslassen, nur loslassen!" Aber er hatte keine Gewalt mehr über seinen Körper. Er wollte schreien, aber auch das ging nicht. Dann verschwand das Toben. „Es ist vorbei", dachte er, „Gott sei Dank, es hat aufgehört!" Er sah noch das Dach des Nachbarhauses, das schräg nach oben aus seinem Gesichtsfeld entschwand, dann wurde es Nacht um ihn.

Als er zu sich kam, lag er bäuchlings auf dem Beton des Gehwegs, aber nicht an der Stelle des Aufpralls unter dem Fenster, sondern in einiger Entfernung davon, nahe der Hausecke. Die Mutter kauerte neben ihm und schrie: „Heinz, wach' auf! Um Gottes Willen, wach' doch auf!" Er sah vor sich den bemoosten Betonrand und daneben das grüne Gras. Dann mußte er sich übergeben, und er bemerkte, daß sich das Gras rot färbte. „Da kommt Blut", sagte er. Die Mutter schrie: „Mein Gott, er verblutet ja", und der Herr Fiedler aus der Nachbarschaft hielt seinen Kopf und redete ihn an: „Das ist kein Blut, das sind rote Rüben, du hast rote Rüben gegessen". Er dachte bei sich: „Der will mich bloß beruhigen, warum redet er denn so was blödes", und er sagte laut und vernehmlich: „Ich habe keine roten Rüben gegessen. Das ist Blut, zum Frühstück gibt's doch keine roten Rüben!" Die Mutter schrie: „Gott sei Dank, er redet", dann wurde ihm erneut schwarz vor den Augen. Als er wieder erwachte, lag er in Seitenlage auf einer Matratze, die zusammen mit anderem Inventar des Mansardenzimmers erst kürzlich von einem Kammerjäger desinfiziert worden war, weil sich dort Wanzen angesiedelt hatten. Herr Frizzo, der andere Untermieter, war verstorben, und nach seinem Tod hatte sich gezeigt, daß er das Zimmer wohl nie richtig saubergehalten hatte. Wieder erbrach er sich, und wieder war alles voller Blut. „Wann kommt denn der Sanitätswagen", fragte die Mutter. „Sie haben doch einen Sanitätswagen bestellt, Herr Fiedler". „Ich rufe noch einmal an", sagte der. „Bleiben sie bei dem Jungen. Ich geh' hinauf in ihre Wohnung und frage nach". Aber es kam kein Sanitätswagen. Wie sie später erfuhren, hatte einer der beiden Weilheimer Rettungswagen einen Platten, der zweite war auf einer privaten Tour in München unterwegs. Schließlich rief die Mutter ein Taxi, das auch bald kam. Sie legten eine Decke auf den Rücksitz, um die

Polster nicht zu besudeln. Er wurde hinein gehoben, wegen der Schmerzen in zusammengekrümmter Lage, halb auf, halb neben dem Sitz. Die Mutter nahm neben ihm Platz und stützte seinen Kopf. Dann fuhren sie zum Krankenhaus. Inzwischen war weit mehr als eine Stunde vergangen.

Doktor Stöckel, der Chef der chirurgischen Abteilung, sagte mit bedenklichem Unterton: „Wir haben alles untersucht. Auf den Röntgenbildern sieht man, daß beide Handgelenke angebrochen sind, aber das ist nicht schlimm und heilt von selbst. Klar ist, es liegt eine Gehirnerschütterung vor, deshalb auch das Erbrechen. Er hat aber auch einen Schädelbasisbruch, das sieht man gleich an dem Brillenhämatom, dem Bluterguß in den Augenhöhlen. Aber das muß alles von allein wieder zusammenwachsen, da braucht man nicht operieren". Die Mutter atmete hörbar auf. Wie lange er denn im Krankenhaus bleiben müsse, heute habe ja das neue Schuljahr begonnen, er dürfe nicht so viel versäumen. Aber der Arzt dämpfte ihre Zuversicht. Er sei durchaus optimistisch, was die Chancen einer Ausheilung der Knochenbrüche angehe. Das Gehirn scheine nicht ernsthaft geschädigt zu sein, das zeige die gute Ansprechbarkeit des Patienten. Anlaß zur Sorge seien allerdings die undifferenzierten und schwer lokalisierbaren inneren Verletzungen. Die starken Blutbeimengungen beim Erbrechen seien ein Indiz dafür, daß möglicherweise Magenrisse oder Zerreißungen anderer innerer Organe vorlägen. Man könne aber nicht operieren, weil die Symptome unspezifisch seien und es sich möglicherweise um keine einzelne große Blutung, sondern um viele kleine und schwer auffindbare Verletzungen handle. Er hoffe, der Blutverlust halte sich in Grenzen, aber das müsse man abwarten. Auch die Herztätigkeit zeige Unregelmäßigkeiten, möglicherweise als Folge des Stromschlags, der aber sonst keine erkennbaren Schädigungen hervorgerufen habe. „Ja, liebe Frau Staudinger", schloß er seine Ausführungen, „jetzt kann nur die Natur noch helfen. Ihr Junge hat eine kräftige Konstitution. Wenn er die nächsten Stunden übersteht, ist er über den Berg. Wir können nur noch hoffen". Dann nahm der massige und eigentlich als Grobian verschriene Arzt die Hände der Mutter sanft in die seinen und sagte: „Verlieren sie nicht die Zuversicht. Wir tun unser möglichstes, um ihn durchzubringen!" „Ja", sagte sie weinend, „ja, Herr Doktor, ich vertraue ihnen". Ob sie denn bei ihrem Sohn bleiben dürfe. „Selbstverständlich" antwortete Doktor Stöckel. „Kommen sie und bleiben sie, wann und wie lange sie wollen. Das ist in dieser Situation gut für den Patienten!" Heinz fühlte sich sehr schwach. Er lag mit geschlossenen Augen auf seinem Bett, aber er hatte alles mitbekommen. Er wurde in ein Krankenzimmer gefahren. Aus den einführenden Worten der Mutter und den folgenden Dialogen schloß er, daß sich noch andere Patienten in dem Raum befanden. Dann schlief er ein.

Als er erwachte, stand ein junger Assistenzarzt vor ihm, den er kannte, weil er vor einiger Zeit bei der Frau Probst gewohnt hatte, als Untermieter in dem zweiten Mansardenzimmer neben dem Herrn Frizzo. Doktor Brüchle legte einen Stapel Zeitschriften auf den Nachttisch und sagte: „Du interessierst dich doch für's Photographieren. Da habe ich dir ein paar Photohefte mitgebracht, damit du was hast, worauf du dich schon mal freuen kannst. Aber erst ab morgen! Und nur anschauen, nicht lesen! Du hast schließlich eine Gehirnerschütterung".

Von einem der Zimmergenossen erfuhr er, daß die Mutter nach Hause gegangen war. Sie wolle aber bald wiederkommen. Sie müsse sich um die Großmutter kümmern. Die habe sich sehr aufgeregt. Er schloß die Augen. Draußen am Gang rumorten die Schwestern. Sie brachten das Abendessen. Er ging aber leer aus. Er dürfe nichts essen und auch nichts trinken, erklärte ihm eine Nonne. Sein Magen dürfe nicht belastet werden. Gegen die Austrocknung bekomme er eine Infusion mit Salzwasser. Über ihm wurde an einem Galgen ein großer Glasbehälter mit der Infusionsflüssigkeit aufgehängt. Der speiste über Schläuche zwei großkalibrige Hohlnadeln, die ihm eine andere Schwester mit den Worten: „das ist gegen den Durst" ziemlich grob in die Oberschenkelmuskeln rammte. „Ich lasse mir nichts anmerken", nahm er sich vor, „sonst halten sie mich noch für empfindlich". Später kam die Mutter wieder. Sie brachte Waschzeug nebst Schlafanzug und eine Garnitur Unterwäsche. Hose, Hemd und Pullover werde sie später bringen, das könne er jetzt ohnehin nicht brauchen. „Ich soll dich grüßen von der Großmutti", sagte sie. „Es geht ihr nicht gut. Das hat sie alles sehr mitgenommen. Wie geht's dir denn?" „Ganz gut", erwiderte er, „nur trinken darf ich nichts, das ist das schlimmste". Dann überredete er sie, sie solle nicht die Nacht über hierbleiben, sondern lieber wieder nach Hause gehen. Es bestehe kein Grund zur Angst, er komme schon über die Runden. Sie erhob Einwände, aber er gab nicht nach. „Das bringt doch nichts", sagte er, „komm' lieber morgen früh wieder!" Als sie gegangen war, hörte er durch die geöffnete Tür, wie auf dem Flur eine offenbar aus Schwaben stammende Pflegerin zu ihrer Mitschwester sagte: „Schad' isch es scho, es ischt so ein netter Bub, und jetzt muß er schterba" Er aber dachte voll grimmiger Entschlossenheit: „Den Gefallen tu' ich euch nicht. Ich denk' ja gar nicht daran. Ich werde nicht sterben!" Dann fiel er in einen kurzen Dämmerschlaf.

Die Nacht verlief unruhig. Lange Stunden hindurch lag er wach. Er konnte sich nicht bewegen, im ganzen Körper spürte er Schmerzen. Die Schwestern hatten seine Handgelenke in dicke Säckchen mit Eiswürfeln eingepackt, auf dem Bauch lagen ebenfalls Eisbeutel. Die Oberschenkel waren angeschwollen durch die Infusion. Der Kopf dröhnte und war fiebrig heiß. Später fühlte er, wie der Puls zunehmend schwach und unregelmäßig wurde, wie das Herz sich stolpernd verkrampfte und manchmal ganz aussetzte, um dann wieder rasend schnell zu schlagen, und er spürte das Klopfen bis hinauf in den Hals. Er glaubte, nun doch sterben zu müssen, aber irgend etwas in tieferen Schichten seines Bewußtseins wehrte sich dagegen. „Nein", dachte er, „nein, es darf nicht geschehen. Ich will es nicht. Ich will weiterleben!" Nach langer Zeit fühlte er, wie der Herzschlag ruhiger und regelmäßiger wurde, dann endlich schlief er ein.

Er erwachte erst wieder durch die lärmende Betriebsamkeit der Schwestern am nächsten Morgen. Er bekam wieder nichts zu essen, und auch zu trinken gab es nichts, aber eine mitleidige Schwester brachte ihm einen angefeuchteten Waschlappen, „zum lutschen", wie sie sagte. Er fühlte sich besser, und nun interessierte er sich erstmals auch für seine Zimmergenossen. Neben ihm lagen noch drei weitere Patienten in dem Raum, darunter „ein gebrochener Hax", wie sich das für die Essensverteilung zuständige Küchenmädchen ausdrückte. Der „Hax", ein junger kerniger Metzger namens Berchtold aus der oberen Stadt, fragte ihn nach den näheren Umständen seines Unfalls und bescheinigte ihm dann, er habe wohl mehr Glück als Verstand gehabt, er müßte eigentlich schon tot sein. Daneben saß auf der Bettkante ein Herr mittleren Alters mit grauem Haarkranz und Stirnglatze. Der stellte sich sogleich vor, als er dem Blick des Jungen begegnete. Er hieß Wendriner und war, wie er später erzählte, als Opfer des NS-Regimes im KZ gewesen und dort schwer mißhandelt worden. Deshalb war er aber nicht hier. Was im fehlte, blieb unklar. Dem dritten Patienten ging es allem Anschein nach sehr schlecht. Es war ein sehr alter Mann mit leichenblasser Gesichtshaut und eingefallenen Wangen. Er röchelte leise und war nicht ansprechbar. „Mit dem geht's dahin", stellte Berchtold fest, „das Bett wird bald freiwerden!"

Die Mutter kam und erzählte, sie habe die ganze Nacht kein Auge zugetan aus Sorge um ihn. „Ich bin so froh, daß du lebst", sagte sie und strich ihm über die Wange. „Mein lieber Bub'! Ich wäre doch besser bei dir geblieben, dann hätte ich wenigstens gewußt, wie es dir geht". Sie habe viel geweint und mit ihrem Schicksal gehadert. „Bleibt mir denn nichts erspart", habe sie sich gefragt, „muß ich denn alles verlieren?" Erst den Bruder bei einem Motorradunfall, dann den Mann im Krieg, dann die Mutter und jetzt den Sohn, das sei nicht zu verkraften. Und sie habe sich Vorwürfe gemacht, weil sie ihn ermuntert habe, der Frau Duras zu helfen. Die lasse Grüße ausrichten. Später, wenn es ihm wieder besser gehe, wolle auch sie einen Besuch machen. Er wollte antworten, aber die Tür ging auf und die Stationsschwester kam herein. Sie hieß Asella, und er hatte schon erfahren, daß sie recht resolut sein konnte. Sie war groß und knochig, mit einem faltigen und strengen Gesicht unter ihrer Haube. „Sie kommen außerhalb der Besuchszeiten", sagte sie mißlaunig. „Das geht nicht! Sie müssen sich schon an die Vorschriften halten!" „Aber der Herr Doktor Stöckel hat gesagt, daß ich jederzeit kommen kann", setzte sich die Mutter zu Wehr. Die Schwester antwortete mit säuerlicher Miene: „So, hat das der Chef gesagt. Also, dann bleiben sie halt noch, aber machet sc's kurz!"

Die Mutter wollte etwas erwidern, aber jetzt kam die Visite. Doktor Stöckel, gefolgt von einer mehrköpfigen Delegation aus Assistenzärzten und Schwestern, hatte wohl die letzten Worte der Stationsschwester gehört, denn er wandte sich ohne Umschweife an sie mit den Worten: „Schwester, ich möchte, daß Frau Staudinger hier ungestört aus- und eingehen kann. Das ist in diesem Fall absolut notwendig für den Genesungsprozeß. Die Frau Staudinger kann kommen, wann sie will, und sie kann bleiben, so lange sie will. Haben wir uns verstanden?" Dann ging er auf das Bett des Jungen zu und sagte: „Da ist ja unser Risikopatient. Es scheint ihm ja schon besser zu gehen. Na, wie fühlen wir uns? Gehen die Winde? Hat er schon Stuhlgang gehabt? Noch Blut gekommen? Temperatur? Blutdruck?". Er antwortete, daß es ihm gut gehe, und Schwester Asella gab alle darüber hinausgehenden

Auskünfte. „Na also, dann ist die Krise ja wohl überstanden", konstatierte der Doktor und fügte hinzu: „Aber schön liegen bleiben, und nichts essen und nichts trinken!" Und zur Mutter gewandt ergänzte er: „Also, ich glaube, wir können Entwarnung geben. Aber über den Berg ist er deshalb noch lange nicht. Mit den Verletzungen im Magen-Darmbereich und wer weiß noch wo ist nicht zu spaßen. Er darf mindestens vier weitere Tage nichts zu sich nehmen und das Bett keinesfalls verlassen!" Er habe seinen Kollegen Doktor Herterich konsultiert. Der sei Leiter der inneren Abteilung und werde in Kürze vorbeischauen. Dann wandte er sich den anderen Patienten zu, wiederum mit der anscheinend eminent wichtigen Frage: „Gehen die Winde?" Nur den alten Mann sprach er nicht an. Statt dessen redete er leise auf die Stationsschwester ein. Dann entschwand er samt Gefolge und setzte das Zeremoniell der Visite mit den laut hörbaren Worten „guten Morgen, wie geht's uns denn? Gehen die Winde?" im nächsten Krankenzimmer fort. Nach einiger Zeit erschien ein Krankenpfleger. Wortlos rangierte er das Bett zur Türe und schob es mitsamt dem alten Mann hinaus. „Seht ihr", sagte Berchtold, „was hab' ich gesagt. Jetzt kommt er ins Sterbekammerl!" Den Jungen erschreckte diese geschäftsmäßige Routine im Angesicht des Todes. „Wie damals bei dem Motorradfahrer in der Pollinger Straße", dachte er. „Da waren sie auch alle so gleichgültig".

„Weißt du eigentlich, daß du nach dem Unfall noch einmal aufgestanden bist", fragte die Mutter. Er wußte nichts. Sie sei ihm in das Zimmer gefolgt, weil er so lange nicht wiedergekommen sei. Auf ihre Frage, wo er denn sei, habe Ingrid Wander nur stumm auf das offen stehende Fenster gezeigt und gesagt: „Da unten!" Dann habe sie ihn liegen sehen, auf dem Bauch, regungslos und wie tot. Sie habe ihn angeschrieen, da habe er sich aufgerichtet, habe mit schrecklich aufgerissenen Augen nach oben geblickt, sei ein paar Schritte davongewankt und dann wieder zu Boden gestürzt. Nach diesen Worten brach sie in Tränen aus, und er tröstete sie, so gut er konnte.

Der erste Schluck Wasser nach mehr als vier Tagen, der erste Löffel Haferschleimsuppe, das waren köstliche Augenblicke für ihn, die ihm den Wert der einfachen Dinge ins Bewußtsein rückten. Aufstehen und umhergehen zu dürfen - er genoß die sonst selbstverständlichen neuen Freiheiten wie ein Geschenk. Jetzt durfte er auch Besuche empfangen. Frau Probst, die Nachbarin aus der Wohnung unter ihnen, kam mit ihrer Tochter Elisabeth, und darüber freute er sich sehr. Die Mutter hatte erzählt, Frau Probst sei in Tränen ausgebrochen, als sie beim Einkaufen in der Bäckerei Pröbstl von seinem Unfall erzählt habe. Dieses Mitgefühl hatte ihn berührt. Professor Wolfart, sein Deutschlehrer und Klaßleiter, besuchte ihn mehrmals, bestellte ihm Grüße auch von anderen Lehrern und berichtete von den Neuigkeiten in der Schule. Neue Klassenkameraden seien gekommen aus anderen Schulen, auch Mädchen seien dabei, ganz hübsche Lärvchen, wie er sich ausdrückte. Er werde staunen, wenn er wiederkomme. Natürlich kamen auch seine engeren Freunde, der Scharr Herbert und der Schleipfer Ade, sein alter Spezl aus der Volksschule. Der Sepp berichtete regelmäßig über den Fortschritt in den einzelnen Fächern und ließ ihm seine Schulhefte da. So konnte er sich ein wenig über den jeweils neuesten Stand des Unterrichts informieren. Die Zuwendung der Freunde tat ihm gut. Die Mutter meinte, diese Kontakte trügen viel zu seiner weiteren Genesung bei. Er hatte auch selber den Eindruck, daß es ihm jedesmal nach einem solchen Besuch wieder etwas besser ging. Besonders freute er sich über einen Brief, den ihm die Mutter gebracht hatte. Er war von einer ehemaligen Klassenkameradin. Helga van Scherpenberg war schon seit dem vergangenen Schuljahr nach Beuerberg in das dorthin ausgelagerte Max-Joseph-Stift gewechselt. Mit dem blonden Mädchen verband ihn eine tiefe Seelenverwandtschaft, die beide nach ihrem Weggang durch eifrigen und umfangreichen Briefwechsel aufrecht erhielten. Erst kurz vor Beginn der Ferien hatte er sie in ihrem Internat mit dem Fahrrad besucht, und es war den beiden gelungen, der strengen Aufsicht ein Schnippchen zu schlagen. Helga hatte ihn für einen ihrer Brüder ausgegeben, und so konnten sie immerhin für eine gute Stunde miteinander spazierengehen und ihre Gedanken austauschen. Auf dem Heimweg war er dann in einen starken Platzregen geraten. Aber er hatte sich rechtzeitig ausgezogen, hatte Hose und Hemd in seiner Ami-Zeltplane verstaut und war in der Badehose weitergefahren. Das war zu dieser Zeit allerdings eine etwas unübliche Bekleidung für einen Radfahrer, und er war froh gewesen, daß ihm kein Polizist entgegengekommen war.

Kurz vor seiner Entlassung nach sechs Wochen kam auch Herr Wander. Er war aus Stuttgart angereist, weil er nach seinem Umzug noch einiges in Weilheim zu erledigen hatte. Er ließ sich den Unfallhergang genau erklären. Dann sagte er: „Also, das mit dem Stromschlag, das bildest du dir doch nur ein. Das ist gar nicht möglich bei einer Erdleitung. Du hast halt nicht aufgepaßt und hast den Halt verloren. Das willst du nur nicht zugeben!" „Aber ich habe doch sogar eine Narbe am linken Daumen", erwiderte Heinz. „Genau da, wo ich die Litze gehalten habe. Und der Strom ist mir durch den ganzen Körper gegangen, das bilde ich mir doch nicht ein!" Er habe nachgedacht. Die Litze habe sich wohl in dem Kabelverhau hinter dem Radioapparat zwischen Stecker und Steckdose verklemmt und sei deswegen unter Strom gestanden. „Ach was", meinte Herr Wander, „das sind Spekulationen. Du kannst dich nur nicht mehr richtig erinnern. Bei einer Gehirnerschütterung setzt oft das Gedächtnis aus!"

Der Junge war verwirrt. Er konnte sich Herrn Wanders Verhalten nicht erklären. Aber sein neuer Bettnachbar, der alles mitgehört hatte, klärte ihn auf, nachdem der Besuch gegangen war. „Der will sich aus der Verantwortung stehlen", sagte er. „Er könnte ja haftbar gemacht werden für den Unfall, wenn die Leitung nicht ordentlich verlegt war. Er will nicht in Regreß genommen werden. Deshalb betont er deinen angeblichen Gedächtnisverlust". „Aber ich will ja gar nichts von ihm", sagte Heinz verwirrt. „Ich habe doch nur wahrheitsgemäß geschildert, wie es war!" „Die Wahrheit ist nicht immer erwünscht, vor allem wenn's was kostet", war die Antwort des anderen. „Ist ja auch egal", erwiderte der Junge. Aber sein Vertrauen in die Lauterkeit der Menschen hatte einen argen Knacks bekommen.

Der gute Hirte

Der Religionsunterricht, „Relix" nannten sie das, war nichts, was Heinz wirklich interessierte. Er war kein praktizierender Katholik. Zur Beichte und Kommunion war er nie mehr gegangen seit jenem Vorfall im Dezember fünfundvierzig, als er statt im Beichtstuhl in der Arrestzelle der Weilheimer Stadtpolizei gelandet und dort mit Billigung des Vertreters der amerikanischen Militärregierung gehörig verprügelt worden war. Seine Kirchenbesuche beschränkten sich auf die offiziellen Schulgottesdienste. Das blieb natürlich auch dem Religionslehrer nicht verborgen. Studienrat Anton Kriener war aber so klug, daraus kein Thema zu machen. Nie sprach er den Freigeist, für den er den Jungen halten mußte, darauf an, und der gab ihm auch keine Gelegenheit zur Kritik, sondern beteiligte sich immer rege am Unterricht. Der „Beni", wie er bei den Schülern hieß, war offenbar zufrieden damit und versuchte nie, den Jungen etwa zur Teilnahme an einer der vielen außerschulischen kirchlichen und sozialen Aktivitäten zu gewinnen, für die er sich engagierte. Er hatte ein feines Gespür für junge Menschen und wußte wohl, daß Heinz in dieser Hinsicht ein aussichtsloser Fall war. Toleranz war eine seiner Haupttugenden. Dadurch unterschied er sich von den meisten seiner Amtskollegen. So durfte sogar der einzige Mitschüler in der Klasse, der keiner Religionsgemeinschaft angehörte, während des Religionsunterrichts als stummer Teilnehmer in der letzten Bank sitzen. Er hätte auch nicht gewußt wohin in dieser Stunde und erledigte schon einmal irgend eine Hausaufgabe, indes die anderen über das Mysterium der Heiligen Dreieinigkeit diskutierten. „Gottgläubig" gab er immer zu Protokoll, wenn er alljährlich zu Unterrichtsbeginn nach seiner Konfession gefragt wurde.

Trotz seiner agnostischen Einstellung empfand Heinz durchaus Sympathie für den immer schwarz und elegant gekleideten Geistlichen. Der hatte als Seelsorger im Städtischen Altersheim gewirkt und war bald nach Kriegsende als Religionslehrer an die Oberschule gekommen. Während des Krieges war er als Sanitäter an der Ostfront eingesetzt und dort durch Lungenschuß schwer verwundet worden. Bisweilen war er auch auf seine Soldatenzeit zu sprechen gekommen. „Natürlich habe ich auch geschossen damals", hatte er bekannt. „Wenn der Russe angriff und wir befürchten mußten, überrollt zu werden, dann habe selbstverständlich auch ich den Karabiner in die Hand genommen". Diese offenen Worte des Priesters imponierten dem Jungen, der so kurz nach der deutschen Niederlage immer noch stark vom Glauben an den Wert soldatischer Tugenden geprägt war.

Sie waren allerdings mit dem Gottesmann auch schon heftig übers Kreuz gekommen. Als im Jahre neunundvierzig zum erstenmal wieder das Oktoberfest stattfinden sollte, war in der Presse eine heiße Diskussion entbrannt über Sinn und Unsinn einer solchen Veranstaltung wenige Jahre nach Kriegsende. Auch in der Bevölkerung waren die Meinungen gespalten, und so war es kein Wunder, daß das Thema auch in der Religionsstunde zur Sprache kam. Zunächst verlief alles ganz friedlich. Es wurden Gründe pro und kontra vorgetragen. Der Beni war dagegen und begründete seine Meinung mit dem Gebot der Nächstenliebe. Ein guter Christ sei gehalten, den Armen zu geben und nicht ums goldene Kalb zu tanzen oder dem schnöden Mammon nachzujagen. Als ihm dann aber Sepp Kees ziemlich heftig und etwas respektlos in die Parade fuhr mit dem Argument, als Theologe verkenne er wohl mangels ausreichender ökonomischer Kenntnisse den volkswirtschaftlichen Nutzen einer solchen Großveranstaltung, das kurbele doch die Wirtschaft an, die Gastwirte, die Hoteliers, die Brauereien, die Schausteller profitierten davon und damit sei indirekt doch auch der Armutsbekämpfung gedient, platzte dem Beni der Kragen. Ungehalten, ja fast etwas wütend sagte er: „alles aufstehen", zückte sein Notenbüchlein, ließ die ganze Klasse eine Weile stehen und begann dann mit dem Abfragen eines gerade aktuellen Unterrichtsthemas. Aus der Tatsache, daß er den Sepp als ersten dran nahm, war zu erkennen, daß die Aktion als Strafe für dessen despektierlichen Widerspruch gedacht war. Kees, der die Frage leicht hätte beantworten können, schwieg trotzig. „Dann nicht", sagte der Beni, „dann halt eine fünf". Der Sepp blieb unbeeindruckt. Als nächstes nahm sich Kriener den Heinz vor. Auch der schwieg beharrlich. Dann kam Christian von Heeren an die Reihe, mit dem gleichen Ergebnis, dann der Rasso und so weiter. Er nahm sich mit sicherem Gespür alle diejenigen vor, die er als Sympathisanten einschätzte. Anschließend stellte er eine neue Frage und damit ging es in die nächste Runde. Das Ergebnis war das gleiche. Alle Angesprochenen schwiegen hartnäckig und kassierten folgerichtig ihren zweiten Fünfer an diesem Tag. Nun änderte der Beni seine Taktik und nahm ein Mädchen an die Reihe. Die war bekannt dafür, daß sie zwar häufig das große Wort führte, daß sie aber nicht besonders couragiert war, wenn's darauf ankam, wirklich Farbe zu bekennen. Erwartungsgemäß schnurrte sie auch prompt ihr Verslein herunter. Ein weiterer Wackelkandidat und Streikbrecher bestätigte das Bild, das die Riege der Standhaften ohnehin schon von ihm hatte. Danach kam Heinz wieder dran und kassierte prompt seinen dritten Eintrag ins Notenbuch, und ebenso erging es dem Sepp und dem restlichen Fähnlein der Aufrechten. Zum Schluß klappte der Beni sein Büchlein zu und verließ mit der Bemerkung „die Stunde ist beendet" grußlos den Raum. Es muß aber zu seiner Ehrenrettung gesagt werden, daß die drei Noteneinträge keinerlei Einfluß auf die Jahresnote hatten. Sie waren eben nur als Drohkulisse gedacht gewesen.

Das war schon zwei Jahre her. Nun aber gab es erneut heftige Diskussionen in der Öffentlichkeit und damit auch unter den Schülern. Ursache war der Film „Die Sünderin" mit Hildegard Knef in der Hauptrolle. Darin war die Schauspielerin für einen kurzen Augenblick nackt zu sehen, und das führte zu einem Riesenskandal. Die Kirchen waren empört und riefen zum Boykott auf, der Kardinal Frings forderte den anständigen Teil der Jugend auf, gegen das Machwerk zu demonstrieren, in Regensburg verbot der Oberbürgermeister alle Aufführungen, was er aber alsbald wieder zurücknehmen mußte. Es gab Predigten von der Kirchenkanzel herab gegen den Film und mancherorts kamen sogar körperliche Übergriffe gegen Kinobesucher vor. Auch der bärtige bayerische Landtagspräsident Alois Hundhammer wetterte gegen die sittliche und moralische Zerstörung der

Jugend. Der hatte aber schon in seiner Zeit als Kultusminister das Ballett „Abraxas" von Werner Egk verbieten lassen. Da konnte es nicht ausbleiben, daß auch der Beni das Thema im Religionsunterricht aufgriff. Sepp meldete sich als einer der ersten zu Wort. Was denn schlimmes dabei sei, wenn eine unbekleidete Frau gezeigt werde, fragte er. Das sei doch in der bildenden Kunst seit jeher üblich, auf vielen Gemälden namhafter Maler aller Epochen seien nackte weibliche Körper zu sehen, und Heinz konnte es sich nicht verkneifen, den klerikalen Kritikern des Films Leibfeindlichkeit vorzuwerfen. Kriener nahm ihnen aber sofort den Wind aus den Segeln, indem er nicht die Nacktheit der Darstellerin in den Mittelpunkt seiner Kritik stellte, sondern die Verharmlosung der Prostitution. Auch werde Sterbehilfe und Selbstmord als gangbarer Ausweg aus einer Lebenskrise propagiert. Das aber erinnere in fataler Weise an das Euthanasieprogramm im Dritten Reich. „Damals war es auch ein Film, der die Hilfe zum Selbstmord gesellschaftsfähig machen sollte", sagte er. „Von einem ganz berühmten Regisseur sogar, von Wolfgang Liebeneiner. Der Film hieß „Ich klage an" und war sehr gut gemacht. Aber wohin das geführt hat, das wissen wir inzwischen ja alle!" Dem konnte man schwer etwas entgegensetzen. Außerdem hatte bisher auch keiner aus der Klasse den Film gesehen und der Beni wahrscheinlich auch nicht. Der ganze Trubel machte den Streifen aber zu einem Kassenschlager, und als er mit Verspätung endlich auch in Weilheim anlief, war Heinz einer der ersten, der ihn sich ansah. Er war allerdings ziemlich enttäuscht über die Szene, um die so viel Aufhebens gemacht worden war und konnte sich die ganze Aufregung nicht so recht erklären, und auch die Befürchtungen des Religionslehrers fand er nicht bestätigt. Aber er hatte immerhin gelernt, wie man eine Diskussion geschickt in eine unerwartete Richtung lenken und so alle Gegenargumente ins Leere laufen lassen konnte. „Der ist mit allen Wassern gewaschen", sagte er später zu seinem Freund Sepp. „Wie ein Jesuit, der behält in allen Situationen die Oberhand!"

Daß dies keine Fehleinschätzung war, zeigte sich wenige Wochen später. Während der Pause kam der Beni auf dem Schulhof auf den Jungen zu und sagte mit der unschuldigsten Miene der Welt: „Staudinger, sie könnten mir einen großen Gefallen tun. Sie könnten mir sehr helfen". Ein kleines maliziöses Lächeln, das um seine Lippen spielte, hätte Heinz eigentlich warnen müssen. Aber er stolperte nichtsahnend in die Falle und antwortete eilfertig: „Selbstverständlich, sehr gerne. Worum handelt sich's denn?" Und Kriener sagte sanft, aber mit unüberhörbarem Triumph in seiner Stimme: „Das freut mich, daß sie so nett sind und einspringen wollen! Ende Mai ist doch die Fronleichnamsprozession. Aber mir fehlen noch kräftige Leute zum Himmel tragen. Die das bisher gemacht haben, sind aus der Abiturklasse und müssen sich aufs Examen vorbereiten. Die haben keine Zeit. Wenden sie sich doch an den Franz Schreiber. Der kann ihnen alles erklären". Heinz war völlig entgeistert. Ihm war klar, daß er die voreilig gegebene Zusage keinesfalls rückgängig machen konnte, ohne das Gesicht zu verlieren. Er stotterte: „Ja, natürlich, mach' ich. Ich frage den Schreiber. Wo find' ich den eigentlich?" „In seiner Klasse, in der Abiturklasse", antwortete der Beni, und die diebische Freude über seinen gelungenen Coup war ihm deutlich anzumerken. Heinz blieb nichts anderes übrig, als seinen Gang nach Canossa anzutreten, so schwer es ihm auch fiel. Zu dem Schaden kam auch noch der Spott seiner Klassenkameraden hinzu, die ihn fragten, ob er jetzt als reumütiges Schaf in den Schoß der Kirche zurückgekehrt sei und anfange, zu frömmeln.

Es war aber auch zu ärgerlich! Schon in der Sakristei mußte er beim Anlegen des Ministrantenkleides feststellen, daß das Zeug zu klein war für seine Körperlänge. Vor allem der rote Rock unter dem langen weißen, mit Spitzen gesäumten Oberteil war viel zu kurz und lugte kaum darunter hervor, wenn er ihn mit Hilfe der dafür vorgesehenen Bändchen an seiner Taille befestigte. Hilfesuchend wandte er sich an den Mesner, der ihm mit ein paar Sicherheitsnadeln aushalf, mit denen er das lächerliche Kleidungsstück provisorisch unterhalb der Gürtellinie an den Hosenbeinen befestigte. Draußen vor der Kirche stand schon die restliche Trägermannschaft mit Franz Schreiber, der quasi als Kommandant die Anweisungen erteilte. Als er im Gleichtakt mit den anderen eine der vier hohen, im oberen Teil kunstvoll gedrechselten Haltestangen aufnahm, merkte er, daß der Baldachin ein enormes Gewicht hatte. Zwar trug er unter dem Spitzenkleid einen Schultergurt mit einem Lederköcher zur Aufnahme der Tragestange, welche zu diesem Zweck durch ein in dem Umhang vorgesehenes Loch durchgeführt werden mußte. Dadurch wurde das Gewicht der Überdachung abgefangen und gleichmäßig auf die Schultern verteilt. Aber der Brokathimmel sollte ja auch schön straff über dem Priester mit seiner Monstranz schweben, und das tat er partout nicht von selber. Der schwere Stoff zog gewaltig nach unten, die Stangen wollten sich nach innen neigen und konnten nur mit großem Kraftaufwand gerade gehalten werden. Gelegentliche Windböen verstärkten das Problem zusätzlich, kurzum, es war eine ziemlich anstrengende Aufgabe, die ihm der Beni da aufgehalst hatte. Der trug seine Monstranz vor sich her und der Zug bewegte sich mit Polizeibegleitung durch ganz Weilheim. Kein Teil der Stadt wurde ausgelassen und immer wieder gab es kleine Altäre, an denen besondere Andachten stattfanden. Die Straßen waren von vielen Menschen gesäumt. Der Junge hielt mit großer Mühe den widerspenstigen Baldachin straff und hatte nur den einen Gedanken: „Hoffentlich erkennen mich möglichst wenige Bekannte", denn er konnte sich mit seiner Rolle als unfreiwilliger Kirchendiener partout nicht identifizieren, und er nahm sich vor, in Zukunft sehr vorsichtig im Umgang mit seinem ausgefuchsten Religionslehrer zu sein. Später erzählte ihm ein Klassenkamerad, der die Prozession als Zuschauer miterlebt hatte, er habe ein Photo von ihm geschossen, als der Zug durch die Pöltnerstraße gezogen sei. Hinter ihm sei der alte Seifensieder Miller vor seinem Laden gestanden. Der habe ihm empört zugerufen: „Was machst du denn da? Das darfst' doch nicht! Das Allerheiligste darf man doch nicht photographieren!" Er aber habe geantwortet: „Ich habe doch bloß meinen Schulkameraden aufgenommen. Der ist aber überhaupt nicht heilig!" Der Miller habe aber den Hintersinn dieser Worte vermutlich nicht verstanden.

Völkerverständigung

Sie waren von der sechsten Oberschulklasse zunächst ganz normal in die Siebente versetzt, dann aber durch Ministerialentschließung mitten im laufenden Schuljahr zur Achten umetikettiert worden. Der Grund war die Einführung der neunklassigen Regelschulzeit für alle Gymnasien und Oberrealschulen. Damit diejenigen Jahrgänge, welche nach dem Umsturz wegen der vielen kriegsbedingten Ausfälle eine Klasse hatten wiederholen müssen, nicht ein weiteres Jahr verloren, waren sie einfach formlos aufgerückt. Dieses achte Oberschuljahr ging nun zu Ende. Diesmal gab es keinen gemeinsamen Klassenausflug. Statt dessen wollten sich Heinz und sein Freund Horst Denninger einen lang gehegten Wunsch erfüllen, nämlich einen Auslandsaufenthalt. Aus der Presse hatten sie erfahren, das Deutsche Jugendherbergswerk renoviere eine zerstörte Jugendherberge in Frankreich und suche dafür noch junge Leute als Hilfskräfte. Heinz rief sofort an und erfuhr weitere Einzelheiten. Das ganze sei vom Innenministerium gefördert. Deshalb koste der zweiwöchige Aufenthalt nur fünfundachtzig Mark und die Teilnehmer bekämen sogar noch ein Taschengeld obendrauf. Das werde nach der Ankunft in französischen Francs ausbezahlt.

Das war doch was! Nach Frankreich reisen, erstmals im Leben ins Ausland kommen, und noch dazu so preiswert! Die Mutter meinte zwar, fünfundachtzig Mark seien nicht gerade wenig und etwas eigenes Geld müsse er doch auch mitnehmen, wenn er anschließend noch Paris besuchen wolle. Dann aber stimmte sie doch zu. Es sei ja auch gut für die Aufbesserung seiner Sprachkenntnisse, hatte er argumentiert, sowohl im Englischen als auch in dem erst kürzlich als Wahlfach belegten Französisch. Das überzeugte selbst die Großmutter, die anfangs Bedenken geäußert hatte gegen diese Reise „zu unserem Erbfeind", wie sie meinte. „Wenn's was nützt für die Schule, nachher fahrst' halt", sagte sie jetzt, „von mir kriegst noch zwanzig Mark extra als Taschengeld!" Damit war alles klar. Die Schule konnte nichts beitragen zu dieser Weiterbildungsmaßnahme, außer daß die beiden ein paar Tage vor dem offiziellen Ferienbeginn frei bekamen, „als besonderes Entgegenkommen für das löbliche Engagement im Interesse der deutsch-französischen Aussöhnung", wie Dr. Ruider, der Rex, betonte. Heinz nahm sogar noch am Schulsportfest teil, allerdings wegen mangelnden Trainings nach seinem Unfall nur beim Hindernislauf.

Der letzte Tag verlief hektisch. Die Schulbücher waren abzuliefern, er bekam vorzeitig das Jahreszeugnis ausgehändigt, dann stürzte er auf der Schultreppe, wobei dummerweise das Glas seiner Armbanduhr zertrümmert wurde. Die stammte noch von seinem Vater. Der Uhrmacher Lutz setzte aber im Eilverfahren ohne Wartezeit ein neues Glas in das wertvolle Erbstück ein. Das Kofferpacken gestaltete sich mangels einschlägiger Erfahrung überaus schwierig. Freund Horst kam zum Baden, weil die Flüchtlinge in ihrer Unterkunft in der Eichtweide keinen Badeofen hatten. Auch rasieren wollten sie sich noch vor der großen Reise. Bei Horst war das eine Premiere. Er rückte seinem Oberlippenflaum zum erstenmal mit der Klinge zu

Leibe, was aber nicht ganz ohne Blessuren abging. Zum Schluß kam auch noch der Professor Wolfart daher, der das Zeugnis noch einmal sehen wollte, weil er nicht mehr genau wußte, welche Bemerkung er als Klaßleiter hineingeschrieben hatte. Wozu er das brauchte, blieb im Dunklen. Heinz war froh, als der Tag vorbei war und er endlich im Bett lag.

In München trafen sie sich mit zehn anderen Teilnehmern im Büro des Bayerischen Jugendherbergswerks in der Wendl-Dietrich-Straße. Dort nahm sie Herr Murböck, der Sachbearbeiter, in die Pflicht: „Das ganze dient der Völkerverständigung und der Aussöhnung mit Frankreich. Denkt daran, daß ihr das neue, bessere Deutschland zu vertreten habt. Wir haben viel wiedergutzumachen. Das ist keine Vergnügungsreise, sondern euere Arbeit ist gedacht als Zeichen der Sühne für die deutschen Unrechtstaten während des Krieges. Ist das allen klar?" „Red' du nur zu", dachte der Junge, stimmte aber in das laute „ja" der übrigen mit ein, denn er wollte seine Teilnahme an der Reise nicht aufs Spiel setzen. Zwar hielt auch er Aussöhnung und friedliches Zusammenleben in einem vereinten Europa für notwendig und erstrebenswert, fand aber die permanenten Schuldbekenntnisse für Verbrechen anderer, mit denen man doch selber absolut nichts zu tun hatte, heuchlerisch und peinlich. „Auch so ein Reichssühneprediger", raunte er dem Denninger zu, als sie wieder draußen waren. Dann schleppten sie ihre schweren Koffer zum Hauptbahnhof. Heinz ergatterte einen Fensterplatz in einem Waggon des Orientexpreß, dann begann seine erste Auslandsfahrt.

Das war nun eine ganz neue Welt! Mindestens die Hälfte aller Fahrgäste waren Ausländer. Im Speisewagen kam er mit einem französischen Germanistikstudenten ins Gespräch, der sich sehr für das Jugendherbergsprojekt interessierte und der ihn gleich zu einer Tasse Kaffee einlud. Heinz kam sich ganz international vor in diesem Zug. Dann, gegen Mitternacht, der Grenzübergang in Kehl! Ein Rudel französischer Polizisten und Zollbeamter kam herein. Sie fragten, ob er etwas zu verzollen habe, wie viel Geld er bei sich trage und ob er im Besitz eines gültigen Reisepasses sei. Der war nagelneu, und er bekam einen tollen Einreisestempel auf die erste freie Seite des Dokumentes. Das viele Maurer- und Zimmererwerkzeug für die Bauarbeiten, das ihnen Herr Murböck mitgegeben hatte, bemerkten sie zum Glück nicht. Es lag unter den Sitzbänken und wäre möglicherweise zollpflichtig gewesen. Nach der Ankunft in Paris wartete sogar ein deutscher Reporter auf sie, der viele Photos schoß. Nach einiger Zeit tauchten etliche junge Franzosen und Deutsche auf, die sich der etwas verunsicherten Gruppe annahmen und sie zur nächsten Metrostation geleiteten. Von einem anderen Pariser Bahnhof aus gehe es dann mit einem Vorortzug in das fünfzig Kilometer südlich von Paris gelegene Dorf Boissy la Riviére, und da sei auch die Jugendherberge. Die Fahrt mit der berühmten Metro durch den Pariser Untergrund war abermals ein faszinierendes Erlebnis für den Jungen, denn eine U-Bahn kannte er bisher nur vom Hörensagen. Nach zweimaligem Umsteigen erreichten sie mit einem etwas verdreckten Bummelzug am Spätnachmittag des zweiten Reisetages ziemlich übermüdet ihr Ziel, die während des Krieges stark beschädigte älteste und größte französische Jugendherberge mit Namen Bierville.

Die Unterkunft lag recht romantisch an einem Berghang, unten die provisorischen Aufenthalts- und Eßräume, ganz oben ein burgähnliches Gebäude mit einem hohen Turm. Dort sollten sie schlafen. Alles machte einen ziemlich primitiven Eindruck. In den Schlafräumen standen Feldbetten und es zog hundsgemein. „Das kann ja heiter werden", sagte er zum Horst und stellte seinen Koffer ab. Aber dann bekamen sie Wolldecken, und für die Aufbewahrung ihrer Habseligkeiten wurde ihnen ein Spind zugeteilt. Den sollten sie aber immer gut absperren, legte ihnen einer der Altbewohner ans Herz, es seien schon Diebstähle vorgekommen. Dann wurden sie nach unten gerufen zum Empfang durch Mister Kaufhold, der hörbar amerikanischer Herkunft war. Er sei der örtliche Leiter der Wiederaufbauaktion "in Vertretung des Präsidenten des Internationalen Jugendherbergswerkes, Mister John Catchpool", wie er betonte. Zur Erleichterung der Ankömmlinge sagte er aber auch, er wolle sie jetzt nicht mit langen Reden langweilen, sie seien vermutlich hungrig und wollten etwas essen. Sie hatten wirklich einen Bärenhunger, das Essen war gut und reichlich, sogar Fleisch war dabei, und man konnte beliebig nachfassen. Danach hielt er einen kleinen Vortrag über die Entstehungsgeschichte der Herberge. Die heiße Bierville nach dem gleichnamigen Schloß des Grafen Marc Sagnier. Der sei ein engagierter Katholik und Pazifist gewesen. Im Jahre neunzehnhundertdreißig habe er diesen Landsitz zur Verfügung gestellt, darauf die erste französische Jugendherberge errichtet und das ganze in eine Stiftung eingebracht, damals noch unter dem Namen Epi d`Or, Goldene Ähre. Während der Besetzung Frankreichs durch die Deutschen sei er von der Gestapo wegen vermuteter Mitgliedschaft in der Résistance verhaftet worden. Es sei ihm aber nichts nachzuweisen gewesen und deshalb sei er zum Glück wieder freigekommen. Er sei im vergangenen Jahr verstorben und nun sei es an der Jugend, seine Friedensideen wieder aufzugreifen. Sie seien aufgerufen, sich tatkräftig für den Wiederaufbau der Stiftung ins Zeug zu legen. „Es macht nichts, wenn sie keine handwerkliche Ausbildung haben", sagte er abschließend. „Dafür haben wir unsere Handwerker aus dem Kolpinghaus in München. Die sind den ganzen Sommer über hier. Das sind Maurer und Zimmerer. Diese Spezialisten leisten hier die Facharbeit, und die werden sie auch anleiten und ihnen sagen, was zu tun ist". Geweckt werde um sieben, dann gebe es ein erstes Frühstück und um acht Uhr beginne der Arbeitstag. Nach einem zweiten Frühstück um zehn gehe es weiter bis zur Mittagspause von zwölf bis zwei. Um halb vier sei Schluß, den Rest des Tages hätten sie frei. „Sie sollen ja auch Gelegenheit bekommen, mit Sport und Spiel und Gesang den Jugendlichen aus den anderen Nationen näher zu kommen und sich so gegenseitig besser zu verstehen".

Die erste Nacht in dem kalten Schlafraum mit den sechzehn Feldbetten war sehr ungemütlich trotz der drei Wolldecken, in die er sich einwickeln konnte, weil in dem alten Gemäuer teilweise noch die Türen fehlten. Am nächsten Tag Punkt acht Uhr begann der Arbeitseinsatz. Einer der „Spezialisten" vom Münchner

Kolpingverein forderte die Freunde nach dem Frühstück auf, mit ihm nach draußen zu kommen. Er heiße Karl Aschoff, sei Maurer und werde ihnen jetzt ihre Arbeit zeigen. Er hatte einen Sprachfehler und stotterte stark, weshalb man ihn nur mit Mühe verstehen konnte. Ein vorübergehender Anflug von Mitgefühl wegen dieses Handicaps verschwand aber schnell, als er den Jungen ziemlich grob anfuhr: „Was b'bist du, Oberschüler? Da wirst du .. d'dou .. sowieso nichts b'besonderes können! Da hast du einen Besen, kannst den Hof .. d'dou'dr .. zusammenkehren!" Horst forderte er auf ähnlich unhöfliche Weise auf, die Tische im Frühstücksraum zu schrubben. Heinz ließ sich nicht aus der Fassung bringen, nahm den Reisigbesen zur Hand und machte sich daran, den eigentlich schon ganz sauberen Platz vor der Kantine zu säubern. Später brachte ihm der unfreundliche Patron eine Axt und eine Säge mit der barschen Aufforderung: „Mach' den B'baum da weg!" Der stand dem geplanten Erweiterungsbau im Wege. Ein Teil der Baugrube war schon ausgehoben und einige Jungen waren dabei, das Erdloch weiter zu vertiefen, alles per Hand mit Pickel und Schaufel. Der Baum war nicht allzu groß, aber er hatte noch nie so etwas gemacht und stand deshalb etwas ratlos da, bis ihm einer der Erdarbeiter zu Hilfe kam, ein stämmiger, rothaariger Bursche mit einem gutmütigen Gesicht voller Sommersprossen. Der kletterte aus der Grube, nahm die Axt und sagte, er sei ein woodcutter, ein Holzfäller aus der Grafschaft Herfordshire. Er heiße Norman und werde ihm zeigen, wie man einen Baum fachgerecht fällt. Er tat es aber nicht selber, sondern erklärte alles in seinem für den Jungen etwas schwer verständlichen englischen Dialekt und sah dann befriedigt zu, wie dieser seine Anweisungen befolgte, indem er zunächst mit der Axt eine Kerbe in den Stamm schlug und dann mit der Säge weitermachte, bis der Baum in die gewünschte Richtung fiel. Damit war Heinz in die Riege der vorwiegend englischen Arbeitsmannschaft aufgenommen. Er bekam eine Schaufel und einen Pickel und arbeitete fleißig mit. Nette Kerle schienen diese Engländer zu sein, der Dennis aus Lancashire, der Duncan aus der Nähe von Manchester, der John aus London oder der Peter aus einem Kaff namens Alton in Hampshire. Sie redeten viel während der Arbeit und Heinz war froh, daß er mit seinem Schulenglisch so leidlich durchkam. Horst Denninger, der neben ihm werkelte, schien es genauso zu gehen. Sie gehörten jetzt dazu und sie waren sich einig, daß sie sich von dem ungehobelten Kolpingbruder nichts mehr sagen lassen wollten. Sie würden einfach immer zusammen mit den Engländern die gleiche Arbeit machen wie die auch.

Heinz rodete an diesem ersten Arbeitstag noch einen Baumstrunk, zusammen mit dem sympathischen blonden Dennis Brennan, der schon die grammar-school absolviert hatte und demnächst auf die Universität gehen wollte. Dann ging er mit einer hübschen kleinen Engländerin hinunter nach Boissy la Riviére, um bei einem Bauern Milch und Eier für die Küche einzukaufen, und zum Schluß warf er gemeinsam mit einem anderen Engländer und einem finnischen Mädchen Handzettel in alle Hausbriefkästen mit einer Einladung für eine demnächst stattfindende Besichtigung der Jugendherberge.

Spät abends, als sie gerade vom Essen aufstanden, kam eine norwegische Jugendgruppe an. Als die erfuhren, daß auch Deutsche da waren, weigerten sie sich, hier zu bleiben. Mit Deutschen unter einem Dach zu schlafen käme keinesfalls in Frage, ließ ihr Leiter ausrichten. Sie würden sich lieber eine andere Bleibe suchen und notfalls sogar im Freien übernachten. Selbst Mister Kaufhold gelang es nicht, sie umzustimmen. Der Vorfall schockierte nicht nur die Deutschen. Vor allem die Briten drückten ihr Mißfallen aus, und der gutmütige Peter Lassam legte tröstend seinen Arm um Heinz und meinte, er solle sich nichts daraus machen. „Don't care about it!" sagte er. „You can sleep in the hostel and they have to sleep outdoors". Solveig, die einzige Norwegerin in der Runde, warb allerdings um Verständnis für ihre Landsleute. Sie seien schließlich von den deutschen Truppen überfallen worden und hätten unter dem Besatzungsregime zu leiden gehabt. Das aber wollte nun Horst Denninger nicht auf sich beruhen lassen. Er hielt dagegen, daß man dafür doch nicht die hier anwesenden Jugendlichen verantwortlich machen dürfe, und Heinz ergänzte, so schlimm könne die deutsche Besatzung ja auch nicht gewesen sein, sonst hätten doch wohl nicht so viele norwegische Freiwillige auf deutscher Seite gegen die Sowjets gekämpft. Außerdem habe General Eisenhower erst im Januar eine ausdrückliche Ehrenerklärung für die deutschen Soldaten abgegeben. Jetzt aber wurde es Mister Kaufhold zu bunt und er beendete die Debatte mit den Worten: „Es ist ein ungeschriebenes Gesetz hier, daß keine politischen Gespräche stattfinden. Also bitte, halten sie sich daran!" Da hielten sie ihren Mund, denn dumm auffallen wollten sie lieber nicht.

Die Geschichte hatte aber noch ein Nachspiel. An einem der nächsten Tage, als sie in ihrer Baugrube ein wenig mit den englischen Freunden herumalberten und die rundliche, aber sehr humorvolle Schottin Gwenyth verulkten, rief Karl Aschoff die beiden zu sich. Sie sollten lieber arbeiten statt mit dem Mädchen zu kokettieren, schimpfte er, und als Horst widersprechen wollte, wurde er massiv: „Du k'kannst dir .. dou'dr .. auch eine Rückfahrkarte nach München abholen", sagte er, und zu Heinz gewandt fuhr er fort: „ Und d'du auch. Wer p'politische Reden schwingt, der .. d'dou .. gehört nicht da her. Wir sind zum Sühnedienst hier und nicht zum d'debattieren". Als ihn der Junge spöttisch fragte, ob er denn was schlimmes ausgefressen habe, weil sein Sühnebedarf gar so groß sei, rastete er vollends aus. Er werde diese siebengescheiten Oberschüler schon noch kleinkriegen, und im übrigen sei Heinz abends beim Poussieren mit einer Engländerin beobachtet worden, und das allein sei schon ein Grund für eine Rückfahrkarte. Da sagten sie nichts mehr, nahmen sich aber vor, Aschoff in Zukunft möglichst keine Angriffsfläche mehr zu bieten. Der Junge aber sann auf Rache. Den würde er schon noch hereinlegen, das nahm er sich fest vor.

Die Gelegenheit ergab sich wenig später. Heinz saß in der Mittagspause mit den Engländern am Boden vor der Kantine. Die hatten ihm einige lustige Lieder beigebracht, darunter ein recht ulkiges Stück, und das sangen sie jetzt gemeinsam und mit Inbrunst:

You can't get to heaven
in a basket chair
cause the Lord don't like
no lazybones there

mit dem sich ständig wiederholenden Refrain

I ain't a gonna grieve my Lord
I ain't a gonna grieve my Lord
I ain't a gonna grieve - my Lord no more

und weiter mit wechselnden Strophen, bis es zum Schluß hieß:

If you get to heaven
before I do
just bore a hole
and pull me through

Dann ging Dennis dazu über, andere Melodien vor sich hinzupfeifen. Der Junge
aber sah auf dem Vorplatz seinen Intimfeind erscheinen. Da kam ihm eine spontane
Idee. Er wußte ja, daß Dennis Brennan einer kultivierten und gebildeten Familie
entstammte und sich für klassische Musik interessierte. Der kannte doch bestimmt
viele Melodien von Joseph Haydn, der ja lange in England gewirkt hatte und von
dem der Maurer vermutlich gar nichts wußte. Er ließ es darauf ankommen und
wagte den Versuch. Er spitzte die Lippen und pfiff einige Takte aus Haydns
Kaiserquartett. Dennis übernahm sofort das Motiv und pfiff laut und im Solopart
weiter. Daß es zugleich die Melodie des vor kurzem noch verbotenen und in der
deutschen Nachkriegsrepublik nach wie vor verpönten und mit einem Tabu
belegten Deutschlandliedes war, war ihm vermutlich nicht bewußt, vielleicht war es
ihm aber auch egal. Die Wirkung war durchschlagend. Der Kolpingbruder stürzte
auf die Gruppe zu und schrie Heinz wutentbrannt an: „Jetzt r'reicht's aber ein für
allemal! Hör' .. dou'dr .. sofort auf mit dem Pfeifen!" Der Junge aber sagte mit der
unschuldigsten Miene der Welt: „Ich pfeif' doch gar nicht! Der Dennis pfeift. Das
ist ein englisches Volkslied. Dennis, is that an english melody?" „Yes, it is",
bestätigte der. „It is wellknown in England and very popular". Der Wüterich stand
da wie der sprichwörtliche Ochs vor'm Berg und verstand offenbar die Welt nicht
mehr. Heinz kostete genüßlich seinen Triumph aus und fragte ihn süffisant: „Haben
sie das eigentlich alles verstanden oder soll ich es Ihnen doch lieber ins Deutsche
übersetzen, Herr Aschoff?" Der murmelte etwas unverständliches und räumte das
Feld. Fortan ließ er die Freunde aber in Ruhe. Die ließen sich auch bei der Arbeit
nichts mehr von ihm sagen und suchten sich ihre Tätigkeit lieber selber aus. An
einem Regentag. meldeten sie sich sogar freiwillig zum Kartoffelschälen. Es blieb

allerdings bei einem einmaligen Versuch, denn neben den Mädchen gaben sie in der Küche kein gutes Bild ab.

In der Freizeit wurde häufig Volleyball gespielt, ein Mannschaftsspiel, das sie von Deutschland her noch nicht kannten. Die Regeln waren aber ähnlich wie beim Faustball. Die deutsche Mannschaft, verstärkt durch einen Schweizer, konnte sich gut gegen das gemischte französisch-englische Team behaupten. Nachmittags fuhren sie manchmal per Anhalter - „hitchhiking" hieß das bei den Engländern - in die sieben Kilometer entfernte Stadt Etampes, wo es ein öffentliches Schwimmbad gab, total luxuriös, wie er fand, sogar mit einem betonierten Becken. Das waren Annehmlichkeiten, wie es sie daheim in Weilheim nicht gab. Abends besuchten sie ab und zu auch eine kleine Bar in ihrem Dorf Boissy.

Neue Herbergsgäste waren gekommen, darunter eine hübsche Inderin, in malerischer Tracht und mit einem Brillantenstecker im Nasenflügel. Das war eine nie gesehene Attraktion für den Jungen. Er freundete sich mit ihrem männlichen Begleiter an, einem Chemieprofessor aus Bangalore. Der war zum Arbeiten auf der Baustelle überhaupt nicht zu gebrauchen. Er schien zwei linke, allerdings sehr gepflegte Hände zu haben. Er stand immer nur untätig herum, während die anderen schaufelten. Aber reich schien er zu sein, jedenfalls lud er Heinz und einige andere aus der Gruppe gleich am ersten Abend in die benachbarte Weinschenke ein. Er zahlte für alle und wollte sich auf diese Weise wohl von seiner Arbeitsverpflichtung freikaufen.

Am nächsten Tag hatte der Junge in dieser Bar ein recht unangenehmes Erlebnis, das ihm zeigte, wie unbeliebt die Deutschen bei Teilen der französischen Bevölkerung immer noch waren. Er saß mit einer Gruppe von sechs Engländern auf einem Hocker am Tresen. Die Schenke war gut besucht, an den Nebentischen hockten einige Dorfbewohner, die dem guten Rotwein schon reichlich zugesprochen hatten. Als er mit seinem mangelhaften Französisch radebrechend ein Glas Wein bestellte, wurde er von den Einheimischen offenbar als Deutscher erkannt. Jedenfalls konnte er aus dem allgemeinen Stimmengewirr mehrmals den Ausdruck „Allemand" heraushören. Dann kam ein total betrunkener Kerl auf ihn zu und beschimpfte ihn. Heinz verstand nichts von dem, was er lallte, hörte aber immer wieder das Wort „Boche". Als der Betrunkene tätlich werden wollte und den Jungen von seinem Hocker wegzuziehen versuchte, griff einer der Engländer ein. Duncan Cormack packte den Franzosen am Kragen und drückte ihn auf einen Stuhl am Nachbartisch. Dann sagte er in seinem ebenfalls recht schlechten Französisch, daß Heinz kein Deutscher sei, sondern ein Engländer, und den solle er jetzt gefälligst in Ruhe lassen. Seine energische Art, aber mehr noch sein englischer Akzent wirkten Wunder. Der Trunkenbold stand auf, entschuldigte sich, wankte auf den Jungen zu, umarmte ihn und küßte ihn dann mit seinem triefenden, ekelhaft riechenden Maul erst auf die linke und dann auf die rechte Wange. Damit war die Situation gerettet. Heinz bedankte sich bei Duncan für die Hilfe, der aber sagte nur: „Don't mention it, fifty seven, you are my friend". Daß ihn Duncan mit „fifty seven" anredete, hatte einen besonderen Grund. Die Engländer hatten nämlich

zunächst mit dem Vornamen Heinz nichts rechtes anfangen können. Der Junge hatte ihnen erklärt, es sei eine Abwandlung von Heinrich, vergleichbar mit Henry und Harry im Englischen, aber dann hatte der dicke und immer zu einem Scherz aufgelegte Peter Lassam gesagt, daß es eigentlich ganz einfach sei. In England gebe es eine Firma Heinz, die stelle Soßen und Küchengewürze her, und zwar siebenundfünfzig verschiedene Artikel. Aus diesem Grunde laute ihr Werbeslogan „Heinz, fiftyseven varieties". Er werde ihn deshalb künftig nur noch mit „fiftyseven" anreden, und dabei war es dann auch geblieben. Überhaupt hatten sich bei den Jugendlichen innerhalb der wenigen Tage, die sie nun zusammen lebten und arbeiteten, einige Eigenheiten im sprachlichen Umgang herausgebildet, eine Art gruppenspezifischer Lagersprache, die für Neuankömmlinge gar nicht so leicht zu verstehen war. Einer der Deutschen mochte wohl bei einem Verständigungsproblem die Phrase „ich verstehe nur Bahnhof" verwendet haben. Die Inselbewohner jedenfalls hatten es sich zur Angewohnheit gemacht, immer, wenn sie etwas nicht verstanden, laut das Wort „Bahnhof" auszurufen. Eigenartigerweise war als Synonym für dieses sozusagen neuenglische Lehnwort aber auch das Wort „Kugelschreiber" im Schwange, und so konnte man während des Frühstücks im allgemeinen Geschirrklappern und Gesprächslärm immer wieder ein lautes „Bahnhof" oder „Kügelscreiber" hören.
In dem Pauschalpreis von fünfundachtzig Mark war neben Unterkunft und Verpflegung auch ein kleines Kulturprogramm enthalten. Wer nicht mitmachen wollte, bekam sogar einen entsprechenden Geldbetrag ausbezahlt. Ein alter, klapperiger Bus, ein Mercedes immerhin, wartete am Donnerstag der zweiten Woche frühmorgens auf die Teilnehmergruppe. Zwar fing der Motor schon nach wenigen Kilometern an, gewaltig zu qualmen, aber als der Fahrer das Kühlwasser nachgefüllt hatte, brachte er die Gruppe sicher nach Orleans, wo sie nach einem Spaziergang durch die Stadt die gotische Kathedrale besichtigen konnten. Dann ging es weiter zu den Loireschlössern. Chambord, Cheverny, Blois, er hörte die Namen zum erstenmal. Eine sachkundige Führung hatten sie nicht. Er machte aber einige Photos und nahm sich vor, alles nach seiner Rückkehr im Lexikon der Kunstgeschichte nachzulesen. Das stand daheim im Bücherschrank. Es stammte noch von seinem Vater, der in Rußland gefallen war. Er hatte zwar schon ein paarmal in dem dicken Wälzer geblättert, aber so richtig vertieft hatte er sich noch nie darin. In Blois machte er erstmals Bekanntschaft mit einer der berühmt-berüchtigten französischen Stehtoiletten. Schon sein Großonkel Hans hatte davon erzählt. Dessen Erfahrungen stammten aber noch aus dem ersten Weltkrieg. So primitiv, wie er sie geschildert hatte, war die heutige Lokalität zum Glück nicht. Es war alles sauber mit teilweise gefliesten Wänden. Die Schüssel war aus Porzellan und hatte extra eingearbeitete Trittflächen. Es gab sogar eine Wasserspülung, nur mußte eben alles im Stehen oder in der Hocke geschehen, und das war ungewohnt und anstrengend.
Die zwei Wochen in Bierville waren wie im Fluge vergangen, nun sollte der zweite, private Teil der Frankreichreise beginnen. Mister Kaufhold hatte ihnen bestätigt, sie

seien eine sehr arbeitsame Crew gewesen. Sie hätten in der kurzen Zeit mehr geleistet als manch andere Gruppen und er danke ihnen ausdrücklich für ihren engagierten Einsatz. Moniqe Tissot, eine freundliche und hilfsbereite Südfranzösin, bügelte ihm noch seine arg heruntergekommene gute Hose, denn in dem mondänen Paris durfte man wohl nicht so ganz verwahrlost herumlaufen. Viele der Engländer waren schon abgereist. Mit seinem Freund Denninger hatte er sich aus nichtigem Anlaß verkracht, vielleicht in einer Art Lagerkoller als Folge des ungewohnt engen Zusammenlebens. Sie reisten an unterschiedlichen Tagen ab, vereinbarten aber immerhin einen Termin, an dem sie sich in Paris treffen wollten.

Zusammen mit einem Schweizer, einem Nürnberger und einem Jungen aus Urfeld am Walchensee fuhr er in die französische Metropole, im gleichen ungepflegten Bummelzug wie bei der Anreise. Horst wollte später mit einer englischen Gruppe nachkommen und anschließend noch einen Abstecher an die Atlantikküste machen. Am Bahnhof Austerlitz in Paris verabschiedete sich der Urfelder. Er wollte mit dem Fahrrad noch durch Südfrankreich trampen. Nun waren sie nur noch zu dritt. Sie gaben ihr Gepäck auf und schlenderten dann durch die Stadt. Heinz stellte mit Erstaunen fest, daß keinerlei Kriegsschäden zu sehen waren. Im Gegensatz zu München gab es keine Ruinen und keine Schuttberge. Paris schien weitgehend unzerstört geblieben zu sein. Der Schweizer wußte auch warum. „Da hat's einen deutschen Befehlshaber gehabt, den General von Choltitz. Der hat Paris gerettet. Entgegen einem Befehl vom Hitler hat er die Stadt nicht verteidigt". „Und die Engländer und die Amis haben auch keine Bombenangriffe gemacht wie auf die deutschen Städte", ergänzte Heinz, der immer noch ein wenig die alte Wut im Bauch hatte wegen des Luftterrors der Alliierten während des Krieges. Notre-Dame, Champs-Elisées, Arc de Triomphe, Quai d'Orsay, Invalidendom, Eiffelturm, das waren geschichtliche Schauplätze, die sie nun hautnah besichtigen konnten, allerdings ohne ausreichendes historisches Hintergrundwissen.

Nach diesem ersten Stadtrundgang suchten sie das Jugendzeltlager auf, dessen Adresse ihnen der Jugendringfunktionär in Bierville mitgegeben hatte. Dort erwartete sie eine herbe Enttäuschung. Entgegen der ausdrücklich gegebenen Zusicherung waren sie nämlich nicht angemeldet. Das Lager war total ausgebucht und die Leitung verwies sie an eine andere Herberge im Stadtteil Malakoff. Also hasteten sie zurück zum Bahnhof und fuhren dann mit Metro und Bus zu der empfohlenen Unterkunft. Die entpuppte sich gleichfalls als Zeltlager, war aber auch voll belegt. Zum Glück gab es noch einige freie Plätze in einer nahegelegenen Turnhalle, wo sie endlich einigermaßen erschöpft ihre Feldbetten beziehen konnten. Tags darauf machten sie einen erneuten Stadtbummel und unternahmen dann einen Abstecher nach Versailles. Mit der Fünferkarte für die Metro waren zwar alle Fahrten im Stadtbereich recht preisgünstig, aber die lange Busfahrt zu dem nahezu dreißig Kilometer entfernten Schloß des berühmten Sonnenkönigs belastete das Budget des Jungen schwer. Er mußte ja haushalten mit seinem Taschengeld, denn in Paris würden noch etliche Eintrittsgelder für den Louvre und andere Museen und Sehenswürdigkeiten anfallen.

Es kam dann allerdings ganz anders. In ihrem jugendlichen Leichtsinn beschlossen sie, nach der Rückkunft aus Versailles noch durch das nächtliche Paris zu bummeln. Erst wollten sie ein Variété am Montparnasse besuchen, aber die billigen Plätze waren schon ausverkauft. Nach diesem Fehlschlag gingen sie erwartungsvoll in eine Bar. Da aßen sie ein paar Brötchen und tranken ein Glas Milch - es war nämlich nur eine Milchbar. Nach etlichen anstrengenden Irrwegen durch dunkle dreckige Gassen in einem stark heruntergekommenen Viertel erreichten sie kurz nach Mitternacht einen freien Platz mit einer Grünanlage. Hundemüde, wie sie waren, faßten sie den törichten Entschluß, hier zu bleiben und statt in ihrer Turnhalle auf den Parkbänken zu schlafen. Als Heinz gegen fünf Uhr früh erwachte, stellte er mit Entsetzen fest, daß sowohl die Geldbörse aus der Gesäßtasche als auch die Uhr von seinem Handgelenk gestohlen waren. Auch die Brieftasche war verschwunden. In Panik weckte er die beiden anderen. Denen war nichts abhanden gekommen, es hatte aber auch keiner etwas bemerkt. Dann entdeckte der Nürnberger nach einigem Suchen Börse und Brieftasche in einem nahegelegenen Gebüsch. Sie waren leer, alles Geld war entnommen worden. Den Reisepaß und die Rückfahrkarte hatte der Dieb aber zum Glück nicht mitgenommen, sondern achtlos oder vielleicht sogar aus Rücksichtnahme neben der Börse ins Gras geworfen.

Damit war der Traum von einer Verlängerungswoche ausgeträumt. Dreieinhalbtausend Francs waren weg, ungefähr dreißig Mark, dazu fünfzehn Mark deutsches Geld. In seiner Jackentasche fanden sich noch zweihundert Francs und eine Deutsche Mark, das war seine ganze Barschaft. Das spontane Angebot des Schweizers, ihm zweitausend Francs zu leihen, schlug er aus. Das hätte die Reise nur noch mehr verteuert, das konnte er der Mutter nicht zumuten. Als ihm der hilfsbereite Kumpel aber zweihundert Francs als Geschenk zustecken wollte, nahm er das Geld zwar an, versprach aber sofortige Rückzahlung nach Beendigung der Reise. Am meisten schmerzte ihn der Verlust seiner Uhr, an der vor allem die Mutter sehr hing, hatte sie doch der Vater bis zu seinem Soldatentod getragen. Zur Polizei zu gehen, war sinnlos, da waren sie sich einig. Sie fuhren zu ihrer Turnhalle, wo es wenigstens Toiletten gab und eine Waschgelegenheit und was zu Essen für wenig Geld. Dann fuhr er allein wieder zurück in die Innenstadt, um den vereinbarten Termin mit Horst Denninger nicht zu versäumen. Der erschien auch pünktlich zusammen mit einigen Engländern an der Place d' Etoile, bei der ewigen Flamme am Arc de Triomphe. Als er von dem Malheur erfuhr, bot er Heinz an, ihm mit der Hälfte seines eigenen Geldes auszuhelfen. Dann könne er noch bleiben und mit ihm zusammen an die Atlantikküste trampen. Heinz lehnte schweren Herzens ab. Er wollte unter keinen Umständen weitere Kosten für seine Mutter verursachen. „Wenn ich schon so blöd bin und mir alles klauen lasse, dann muß ich auch die Folgen tragen", begründete er seinen Entschluß. Er vereinbarte einen neuen Termin für den morgigen Tag und verabschiedete sich dann schnell, denn er mußte noch einige wichtige Dinge erledigen.

Es dauerte lange, bis er sich zur Rue Guichard im sechzehnten Arrondissement durchgefragt hatte. Dort, in der Hausnummer drei, hatte er einen Auftrag zu erfüllen. Die Mutter hatte ihn gebeten, unbedingt die französische Familie zu besuchen, wo sein Vater während des Krieges für kurze Zeit untergebracht war. Sie hatten damals ihre deutsche Einquartierung sehr gastfreundlich betreut. Frau Spanek hatte dem Vater sogar Geld für ein Weihnachtsgeschenk vorgestreckt, weil sein Sold nicht ganz ausgereicht hatte für das teure Stück, und sie hatte außerdem den schicken Mantel für die Mutter mit viel Lauferei auch noch selbst ausgesucht. Daß der Vater wenig später in Rußland gefallen war, hatten sie vermutlich nie erfahren. Er klingelte, aber es wurde nicht geöffnet. Dann sprach ihn von der anderen Straßenseite her ein Ladenbesitzer an. Der verstand kein Wort Englisch. Als er aber den Namen Spanek hörte, sagte er etwas von „vacances" und holte, weil eine Verständigung partout nicht zustande kommen wollte, seine Frau zu Hilfe. Die verstand zwar auch kein Englisch oder Deutsch, führte ihn aber zu einem nahegelegenen Modegeschäft. Dort gab es zum Glück eine Verkäuferin, die Englisch sprach. Heinz erfuhr, daß die Spaneks für vier Wochen in Urlaub nach Südfrankreich gefahren seien. Damit war die Mission gescheitert.

Als nächstes mißlang der Versuch, ein Mädchen aus seinem Weilheimer Bekanntenkreis zu besuchen. Die arbeitete seit einiger Zeit hier und hatte ihn zu einem Besuch ermuntert, als sie von seinem geplanten Parisaufenthalt erfahren hatte. Es war nicht ihre Privatadresse, sondern die ihrer Firma. Dort wurde ihm gesagt, sie liege derzeit krank zu Hause. „Also wieder ein Schneidergang", sagte er zu sich selber. „Heute geht wirklich alles schief!"

Auch die letzte Aktion erwies sich als Mißerfolg. Er hatte sich in Bierville mit einer Finnin angefreundet und. sie hatten ausgemacht, sich in Paris wieder zu treffen. Erja hatte ihm die Adresse einer Freundin gegeben. Die wohnte weitab in einem anderen Stadtteil. Als er ziemlich abgehetzt dort ankam, mußte er zunächst den Widerstand einer Concierge überwinden. Die bewachte den Hauseingang wie ein Zerberus, ließ ihn aber nach Rücksprache mit der Wohnungsinhaberin endlich doch passieren. Dann aber mußte er enttäuscht feststellen, daß zwar die Freundin anwesend war, nicht aber Erja. Immerhin konnte er wenigstens eine Nachricht mit einem Termin für den morgigen Tag hinterlassen. Am Ende dieses Unglückstages kam er restlos erschöpft wieder in der tristen Turnhallen-Unterkunft an. Trotz seiner Müdigkeit schlief er schlecht in dieser letzten Nacht in Paris. Die Bilanz dieses verflixten Tages war ja auch niederschmetternd.

Die drei Nächte in der Herberge kosteten zwar nur achtzig Francs, das war aber dennoch viel für einen armen Schlucker, der er jetzt war. Zusammen mit drei Engländern aus der Bierville-Gruppe, die inzwischen auch in der Turnhalle genächtigt hatten, fuhr er zum Bahnhof und gab seinen Koffer ab. Die drei verabschiedeten sich, er aber machte sich auf den Weg, um die finnische Freundin zu besuchen. Die Concierge leistete hinhaltenden Widerstand in ihrer Rolle als Anstandshüterin. Es gelang ihm nicht, Erja, die heute allein in der Wohnung war, dort zu besuchen. So konnten sie nur einen kleinen Spaziergang machen. Er verabredete sich zu einem letzten Rendezvous um achtzehn Uhr am Bahnhof Austerlitz. Dann traf er sich mit Horst und dem Rest der englischen Gruppe unter dem Eiffelturm. Als sie danach in den Parkanlagen des Champs de Mars saßen und ihre mitgebrachten Brote aßen, stellte ihm einer der Engländer gedankenlos eine Büchse Ölsardinen auf den Oberschenkel. Die häßlichen Fettflecken in der guten Hose trotzten anschließend leider jedem Reinigungsversuch mit Wasser aus einem der Brunnen. Verärgert verabschiedete er sich und schlenderte dann an der Seine entlang, bis er zur Île de la Cité mit der Kathedrale Notre-Dame kam. Er ging hinein, verharrte eine Weile in dem kühlen Kirchenschiff und studierte die kühnen gotischen Gewölbe. Deren Baumeister, so dachte er, waren offensichtlich mit großem Mut bis an die Grenzen der damaligen Baukunst gegangen. Später setzte er sich auf eine Bank am Ufer und sah wehmütig den Fischen zu, die sich in dem klaren Wasser gegen die Strömung stellten. Schade, daß er so verfrüht wieder abreisen mußte!

Abends lud ihn die Finnin in ein Café ein, und sie bezahlte sogar seine Rechnung. Das war ihm etwas peinlich, aber sie sagte, er solle es ruhig annehmen, sie tue es ja aus Sympathie und Freundschaft. Sie bummelten noch ein bißchen an der Seine entlang, dann nahmen sie Abschied. Im Bahnhof holte er seinen Koffer ab, kaufte von seinem letzten Kleingeld noch ein belegtes Brötchen und bestieg dann den Zug, der pünktlich um acht Uhr abends abfuhr.

Trotz eifrigen Suchens in sämtlichen Taschen und auch im Koffer konnte er die einzige Deutsche Mark, die ihm nach dem Diebstahl noch geblieben war, nicht mehr wiederfinden. Gleichwohl beschloß er, in Stuttgart auszusteigen. Er wollte die Familie Wander besuchen. Die hatten jahrelang als Untermieter bei der Mutter gewohnt und waren erst vor kurzem in die württembergische Hauptstadt gezogen. Vielleicht konnte er da übernachten, dann bräuchte er nicht gar so früh vor der ursprünglich geplanten Rückkunft zurück nach Weilheim. Den Koffer gab er bei der Gepäckaufbewahrung ab und nahm damit das Risiko in Kauf, ihn nicht mehr auslösen zu können, sollte er die Wanders nicht finden. Deren Adresse kannte er nämlich nicht. Hilfesuchend wandte er sich an einen Polizisten. Der verwies ihn an ein Reisebüro, und die schickten ihn zuständigkeitshalber weiter zum Einwohneramt. Dort erfuhr er, eine Wohnsitzauskunft koste fünfzig Pfennig Bearbeitungsgebühr. Er offenbarte dem Beamten, daß er kein Geld habe. Der sah ihn zunächst etwas ungläubig an. Als Heinz ihm aber den Grund für seinen finanziellen Engpaß schilderte, holte er in einem Anflug von Mitleid seinen Chef herbei. Der hörte sich die ganze Geschichte leicht schmunzelnd an und entschied sodann, die Auskunft könne in diesem besonderen Fall ausnahmsweise gebührenfrei erteilt werden.

Arm, wie er nun einmal war, konnte er nicht einmal mit der Straßenbahn fahren. Der Weg nach Bad Cannstatt war weit und ermüdend. Zu seiner Erleichterung fand er dann aber tatsächlich unter der angegebenen Adresse eine Wohnung mit entsprechendem Namensschild. Frau Duras und ihre beiden Enkelinnen waren zu Hause. Gastfreundlich ließen sie ihn sofort ein und er bekam ein Eins-A

Mittagessen. Herr und Frau Wander, die beide berufstätig waren, wurden telephonisch unterrichtet. Zweimal durfte er übernachten. Abends löste er seinen Koffer am Bahnhof aus, dann mußte er haarklein alle seine Erlebnisse erzählen. Am nächsten Tag, einem Freitag, nahm Herr Wander sogar am Nachmittag frei und lud ihn zu einem Besuch in der Gartenschau ein. Am Samstag packte er endgültig seinen Koffer. Herr Wander, der an diesem Tag nur vormittags arbeiten mußte, borgte ihm fünfzehn Mark für die Heimfahrt. Nach einem kräftigen Mittagessen verabschiedete er sich und bestieg die Trambahn zum Stuttgarter Hauptbahnhof. Dann fuhr er über Augsburg und Schondorf nach Weilheim. Seine erste große Auslandsreise war zu Ende.

Nein, noch nicht ganz! Daheim traf er nämlich nur die Großmutter an. Die Mutter war nach Kempten und weiter nach Oberkammlach bei Mindelheim gefahren, um dort eine Cousine zu besuchen. Sie konnte noch nichts wissen von seinem Malheur und daß er früher heimkommen würde und daß er sogar Schulden gemacht hatte. Die Großmutter schalt ihn und nannte ihn einen Tölpel und Verschwender, der das Geld zum Fenster hinauswerfe, während die Mutter ihre weite Reise nicht mit der Eisenbahn, sondern aus Ersparnisgründen mit dem Fahrrad unternehmen müsse. Der Vorwurf traf ihn tief. Er schämte sich und wollte der Mutter möglichst schnell alles erklären. Anrufen konnte er nicht, weil die bäuerlichen Verwandten keinen Telephonanschluß hatten. Also ging er am Montag früh zur Post und meldete eine Herbeiholung an. Das würde, so glaubte er, relativ unkompliziert funktionieren, weil die Poststelle in Oberkammlach von einer Frau in der unmittelbaren Nachbarschaft der Cousine betrieben wurde. Die Postbeauftragte war aber nicht erreichbar, vielleicht ging sie auch einfach nicht ans Telephon. Er versuchte es stundenlang immer wieder, vergeblich. Sieben Stunden verbrachte er in dem ungemütlichen Postgebäude am Marienplatz mit den immer unfreundlicher werdenden Beamten, dann gab er entnervt auf. Nach diesem Fiasko sah er manches, was er in Frankreich bemängelt hatte, in einem milderen Licht. So etwas wäre bei den Franzosen vielleicht doch nicht passiert, dachte er. Zum mindesten wären sie freundlicher gewesen.

Bunter Schulalltag

Es fing gleich mit einer Hiobsbotschaft an. Mit Beginn des neuen Schuljahres waren die zwei Parallelzüge mit angenehmen je zwanzig Schülern zu einer einzigen Klasse zusammengelegt worden. Einige Mitschüler waren ausgeschieden, so daß sie zum Glück nicht vierzig, aber doch immerhin einunddreißig Köpfe zählten. Das war viel im entscheidenden Jahr vor der Reifeprüfung. Einen Vorteil immerhin hatte die Zusammenlegung. Endlich gehörte der ungeliebte Nachmittagsunterricht der Vergangenheit an. Noch vor zwei Jahren hatten ausschließlich die Weilheimer Schüler darunter zu leiden gehabt. Im Vorjahr war dann, zum Ärger der Auswärtigen und zur Freude der Weilheimer, ein im monatlichen Turnus wechselndes System eingeführt worden. Damit war es nun aber für die Abiturklasse endlich auch zu Ende, und darüber waren alle froh.

Ein neues Schuljahr brachte oft auch einen Wechsel bei den Lehrkräften mit sich. In Mathematik hatten sie aber wieder den Krammer wie schon im abgelaufenen Jahr. „Mensch, wieder den Binom", beklagte sich ein Mitschüler. Diesen Namen hatten frühere Schülergenerationen dem Studienrat Doktor Franz Krammer verpaßt, weil er möglicherweise mehr als üblich auf dem Binomischen Lehrsatz herumgeritten war, einer Rechenregel aus der Algebra. Solche Spitznamen, waren sie einmal vergeben, blieben an den Lehrern für ewige Zeiten haften, wenngleich ihre Herkunft sozusagen im Dunkel der schulischen Vorgeschichte versank. „Der geht so schnell vor, bei dem kommt man doch gar nicht richtig mit, und außerdem redet er so schnell und schlampig. Man versteht ihn ja kaum", fuhr der Klassenkamerad halb ärgerlich, halb resigniert fort. Bei den meisten war der Mathelehrer wegen seiner rasanten Vorgehensweise nicht sonderlich beliebt. „Der Degen wär' halt besser gewesen, oder meinetwegen auch der Loos", meinte Horst Denninger, „oder einer von den neuen jungen Studienassessoren". „Der Biener oder der Gnilka sollen nicht schlecht sein", meldete sich der Sepp zu Wort, „die haben erst im vorigen Jahr angefangen. Die sind im Vorbereitungsdienst, die haben ganz neue Methoden, und sportlich sind sie auch auf Draht. Der Gnilka ist ein ganz guter Geräteturner". „Hab' ich auch schon gehört", sagte Heinz. „In den unteren Klassen sind sie ganz begeistert von den Neuen. Aber mir ist das wurscht, ob die gut sind im Sport. Ich bin zufrieden mit dem Krammer. Bei dem hab' ich jedenfalls mehr gelernt als vorher beim Wimmerl". „Ja, zum Beispiel über die Wurst hast du was gelernt", spottete der Sepp, „da hast du dir einen Schiefer eingezogen beim Binom in der letzten Woche". „Glaub' ich nicht", antwortete Heinz, „so nachtragend ist der nicht. Er hat ja auch gelacht über mein Gedicht! Wetten, daß der sich nichts mehr anmerken läßt?" Der Krammer, der während des Unterrichts gerne Witze machte, meist mit mathematischem Hintergrund, hatte nämlich wieder einmal die Geschichte von der Wurst erzählt, die, rein mathematisch gesehen, ein Zylinder sei. Jeder kenne doch die Formel für einen Zylinder in einem räumlichen Koordinatensystem, und wenn nicht, dann werde er das jetzt erklären. Daraufhin hatte er drei Achsen an die Tafel gemalt und darin einen kreiszylindrischen Körper. „Jeder Punkt auf der Oberfläche der Wurst ist durch die normale Kreisgleichung bestimmt, in meiner Mittelpunktsdarstellung also durch X Quadrat plus Y Quadrat gleich R Quadrat. In Z-Richtung aber erstreckt sich die Wurst, wie sie sehen, von Minus Unendlich bis plus Unendlich, eine sehr nahrhafte Wurst, von der man mehr als ein ganzes Leben lang essen kann. Die Ernährungskrise ist also gebannt!" Die Klasse lachte pflichtschuldigst und der Unterricht konnte beginnen. Bei Heinz aber war die dichterische Ader angeregt worden, und er hatte begonnen, die Wurstgeschichte in Verse zu schmieden. Am Tag darauf hatte er das Gedicht kurz vor Unterrichtsbeginn einigen Klassenkameraden vorgetragen:

Der wurstige Mathematiker

Doktor Krammer, das Genie
glaubt, daß - nach der Theorie -
sich die Enden
einer Wurst - oh List -
im Unendlichen befänden
weil diese ein Zylinder ist.

Das wär' ihm natürlich recht,
denn er könnte, gar nicht schlecht -
mit dieser Wurst - es wär' ein Segen -
sein Leben lang das Brot belegen.

Doch er muß zu seinem Grimm
sehen, daß der Metzger ihm
einen Strich durch seine -
wie ich ganz persönlich meine -
wohl in feucht durchzechter Nacht
aufgestellte Rechnung macht.

Denn der Fleischer - er wär' dumm -
wirft die Theorie ihm um,
und die Wahrheit ist - wie peinlich -
ich hab's jedenfalls gefunden -
daß die Würste immer reinlich
an den Enden zugebunden.

So muß Doktor Krammer immer -
mag er auch die Haare raufen -
hat er keine Würste nimmer,
sich beim Metzger neue kaufen.

Er hatte großes Gelächter bei den Zuhörern geerntet. In ihrer Begeisterung hatten sie allerdings nicht bemerkt, daß inzwischen auch der Binom das Klassenzimmer betreten hatte. „Geben sie 'mal den Zettel her!", hatte der gesagt, „ich habe den Anfang nämlich nicht mitbekommen". „Gar nicht so schlecht, wenn auch das Versmaß ein bißchen holperig ist!" Nach diesem Urteil hatte er mit einem Grinsen den Zettel zurückgegeben. In den folgenden zwei Unterrichtsstunden hatte er Heinz dann allerdings immerfort an die Tafel geholt. Der hatte aber alle Aufgaben ohne Schwierigkeiten lösen können, worauf der Lehrer ihn mit der Bemerkung: „Na, heute haben sie ja geglänzt, sie können nicht nur Gedichte machen", dazu aufgefordert hatte, nun auch noch eine Hausaufgabe zu formulieren, was er nach

einigem Nachdenken auch fertigbrachte. „Gut", hatte der Binom gesagt, „woll'n wir hoffen, daß es eine Lösung gibt!"
Krammer ließ sich in der Mathestunde der darauffolgenden Woche wirklich nichts anmerken. Er erwähnte den Vorfall jedenfalls mit keinem Wort. Wie es seine Art war, kam er gleich nach dem Betreten des Klassenzimmers in der für ihn typischen Schnellsprechweise zur Sache. „Na, was mach'm' zuerst", sagte er. „Mach'm' A'lyt'sche 'metrie oder mach'm' Inf's'mal Rechn'? Mach'm' A'lyt'sche 'metrie! Staudinger, ha'm s' d' Hausüb'ng g'troff'n? Trau'n s'sich d'rüber? Komm's' 'mal 'raus! S' ha'm's ja selber form'liert". Die Frage ob man zuerst Analytische Geometrie oder Infinitesimalrechnung machen solle, stellte er vor jeder Unterrichtsstunde, und er beantwortete sie auch jedesmal selbst. Zum Glück hatte Heinz die Hausaufgabe tatsächlich bearbeitet, und er hatte deshalb auch keine Schwierigkeit, sie an der Tafel vorzuexerzieren. „Mensch Heinz, prima„", sagte Sepp Kees nach dieser Stunde. „Ich glaub', der Binom wollte dich hereinlegen. Der hat bestimmt geglaubt, du hast die Hausaufgabe gar nicht gemacht, weil du sie ja selber gestellt hast". „Da müßt' ich ja schön blöd sein", war die Antwort. „Das war doch von vornherein völlig klar, daß der mich an die Tafel holt mit dieser Aufgabe!"
Die nächste Stunde war Englisch. Auch da hatte es keinen Wechsel gegeben. Studienrat Gregor Auer, ein großer, kräftiger, stämmig wirkender Mann, war immer korrekt gekleidet. Seine perfekt zum Anzug passenden Krawatten waren stets exakt zu einem doppelten Windsorknoten gebunden. In seiner bedächtigen Art legte er zunächst seine Aktentasche auf das Pult, rückte die Brille zurecht, holte ein schwarz eingebundenes Büchlein heraus, blätterte ein wenig darin herum und nahm dann einen Stapel hektographierter Blätter zur Hand, alles sehr langsam, wie in Zeitlupe. Er reichte den Stapel einem der Schüler. Bisher hatte er noch kein Wort gesprochen. Nun aber sagte er in seiner bedächtigen Art: „Wir haben uns in der letzten Stunde mit den Werken von Thomas Hardy befaßt. Hier habe ich seine Sammlung von Kurzgeschichten, die „Life's Little Ironies". Ich habe eine der Geschichten herauskopieren lassen, „Netty Sargent's Copyhold". Bitte verteilen sie die Kopien in der Klasse. Dann lesen sie die erste Seite vor und übersetzen sie ins Deutsche! Die Bedeutung einiger etwas unüblicher Ausdrücke habe ich am Schluß angefügt". Der Mitschüler war etwas schwach in Englisch. Lesen konnte er ganz gut, wenn auch mit bayerischem Akzent. Bei der Übersetzung kam er aber arg ins Stocken, so daß Horst Denninger, der neben ihm saß, durch eifriges Einsagen Hilfestellung geben wollte. Das brachte ihm eine Rüge des Lehrers ein und die Aufforderung, nun den Rest der Geschichte selbst weiter vorzulesen. Anschließend solle er aber, weil er gar so eifrig sei, das Gelesene nicht einfach nur übersetzen, sondern die ganze Geschichte in Form einer kurzen englischen Inhaltsangabe vortragen. Horst brachte die schwierige Aufgabe mit Bravour hinter sich, hatte er doch während seines kürzlichen Ferienaufenthalts in der französischen Jugendherberge viele Engländer kennengelernt und sich dadurch gute Sprachkenntnisse angeeignet. „Menschenskind, das war ja ganz toll", lobte ihn

Hans Tensi, der sich während des Vortrags und der darauf folgenden Diskussion eifrig Notizen gemacht hatte. „Das hätte ich nie so perfekt hingekriegt!" „Ich auch nicht", pflichtete ihm der Sepp bei. Aber der war sowieso immer noch ein wenig schwach in Englisch, weil er während der ersten drei Oberschuljahre als Internatsschüler auf der Nationalpolitischen Erziehungsanstalt Neubeuern gewesen war, und auf dieser Napola hatte es in den unteren Klassen keinen Fremdsprachenunterricht gegeben.

Hans Ludwig, der ihr neuer Geschichtslehrer war, hatte ihnen nahegelegt, sich mit der Geschichte des amerikanischen Freiheitskampfes vertraut zu machen. Heinz schickte ein Stoßgebet zum Himmel, denn er hatte keinen einzigen Blick in die Unterlagen geworfen und hätte so gut wie nichts zu dem Thema sagen können, wenn ihn der vormalige Oberstudiendirektor aufgerufen hätte. Glücklicherweise entging er einer Blamage. Ludwig rief Werner Würz auf, der hatte ein Faible für Geschichte, und er hatte sich so gut vorbereitet, daß er in einem langen Monolog alle geschichtsträchtigen Daten vortragen konnte samt Auswirkungen auf die Vormachtstellung der Briten in den übrigen Kolonialgebieten und in Europa. Danach entwickelte sich eine Diskussion, an der Heinz sich rege beteiligte, so daß er am Ende der Stunde über jeden Verdacht erhaben war, über das Thema nicht Bescheid zu wissen.

Nach der Pause erschien Heinrich Wolfart, der Bubi. Der war nach wie vor ihr Deutschlehrer, und darüber waren sie froh. Eigentlich waren nur die Schüler aus der früheren A-Klasse zufrieden, die aus der B trauerten ihrer gewesenen Deutschlehrerin nach, der Johnny. Heinz, der die Frau Doktor John in früheren Jahren auch als Lehrerin gehabt und verehrt hatte, konnte das gut verstehen. Sie war ja nicht nur fachlich und pädagogisch sehr kompetent, sondern sie sah auch noch hinreißend aus.

„Ich hoffe, sie haben alle ihre Hausaufgabe gemacht", sagte jetzt der Bubi. „Kultur und politische Macht, so hieß das Thema, das sie bearbeiten sollten. Ich werde die Arbeiten am Ende der Stunde einsammeln". Und er schloß mit dem für ihn typischen, aber entlarvenden Satz: „Wer hat denn den Aufsatz gemacht?" Einige meldeten sich oder wedelten mit den beschriebenen Blättern. „So", sagte der Bubi, „das sind aber verdammt wenige. Heute ist immerhin schon der zweite Termin. Also, Herrschaften, nächste Woche müssen aber alle abgegeben werden, sonst bringen wir keine Halbjahresnote zusammen. Also, ich darf doch bitten, daß beim nächsten Mal alle ihre Arbeit abliefern. Aber jetzt wollen wir erst einmal darüber diskutieren". „Der kann sich einfach nicht durchsetzen" flüsterte Heinz seinem Banknachbarn Sepp Kees zu, und der ergänzte: „Also, Führungsqualitäten hat er überhaupt nicht". In der Diskussion kamen sie aber auch nicht recht weiter, zumal sich nur wenige daran beteiligten. Nur Karsten Niebuhr, ein Schöngeist aus der früheren Parallelklasse, konnte einiges zur Thematik beitragen. Am Ende der zwei Stunden hatte Heinz das Gefühl, daß noch nicht einmal der Begriff „Kultur" zufriedenstellend definiert worden war. Dann sammelte Studienrat Wolfart die Arbeiten der paar Ordentlichen ein und schloß den Unterricht mit den mahnenden

Worten: „Nächste Woche bitte den Rest, aber dann endgültig. Wer da nicht abgibt, der bekommt eine fünf!" „Das hätte er schon vorige Woche sagen müssen", kommentierte der Sepp diesen wenig überzeugenden Abgang.

In der letzten Schulstunde nach einem langen Vormittag war es wieder Studienrat Auer, der ihnen nun französische Vokabeln näherbringen sollte. Heinz hatte Französisch als Wahlfach belegt, er hatte sich allerdings ein Jahr später als die übrigen Kursteilnehmer dafür entschieden, so daß er den anderen etwas hinterherhinkte. Bei seinem Frankreichaufenthalt in der Jugendherberge hatte er sich hauptsächlich mit den englischen Teilnehmern unterhalten, so daß sich sein Wortschatz nicht wesentlich vermehrt hatte. Lediglich seine Aussprache hatte sich verbessert, was ihm zu einem Lob aus dem Munde des Lehrers verhalf. Dann endlich, gegen halb zwei, konnte er den Schulbau verlassen, zusammen mit Sepp Kees, denn sie hatten einen Teil des Nachhausewegs gemeinsam. Nach Mittagessen und Zeitungslektüre machte er sich daran, seine Chemieaufzeichnungen ins Reine zu schreiben, auch unter Verwendung der Unterlagen, die ihm Hans Tensi mitgegeben hatte und die der am Abend wieder abholen wollte. Danach übertrug er die Mathematikaufzeichnungen des heutigen Tages über das neue Thema Pol und Polare aus dem Schmierblock in sein großes A4 - Schulheft, löste die Hausaufgabe und ordnete dann die Unterlagen für den nächsten Tag. Im Radio gab es ein Hörspiel, das er zusammen mit der Mutter anhörte, und endlich, nachts um zehn, ging er zu Bett. Er fand, daß seine Schultage doch ziemlich anstrengend waren.

Auch in Physik hatte es im neuen Schuljahr keinen Lehrerwechsel gegeben. „Macht nichts", sagte der Sepp, „der Frosch ist doch ganz gut, und wir sind ihn schon gewöhnt". Nur Chemie hatte Doktor Franz Karl Münzberg an den „Bui-Bui" Doktor Ferdinand Ströbl abgeben müssen. „Um so besser kann sich der Frosch auf die Physik konzentrieren, das liegt ihm auch besser", konstatierte Heinz, „Chemie hab' ich sowieso abgewählt, du auch, oder?" In diesem Jahr gab es nämlich zum erstenmal die Möglichkeit, auszuwählen, ob man in Physik oder in Chemie Abitur machen wollte. „Ja", sagte der Sepp, „ich hab' mich auch für Physik entschieden". „Das ist eben ein Verständnisfach", spann Heinz den Faden weiter. „In Chemie kommt es bloß aufs Auswendiglernen an, und noch dazu die Organische, das ist sehr viel Stoff, das liegt mir nicht besonders!" „Manchmal kommt ja ausnahmsweise auch was brauchbares heraus bei den Politikern im Kultusministerium", meinte Sepp abschließend. „Daß wir jetzt nur noch in fünf Fächern Abitur machen müssen, das ist schon ein Riesenvorteil gegen früher!" Eine gute Jahresnote mußten sie allerdings in Chemie doch erreichen, allen Reformen zum Trotz, und der Ströbl hatte alle Mühe, das aufzuholen, was sein Vorgänger versäumt hatte. Mehr als einmal stellte er fest, bei der Klasse sei eigentlich Hopfen und Malz verloren, und wenn einer eine besonders abenteuerliche und fehlerhafte Interpretation einer chemischen Reaktion formulierte, kommentierte er das humorvoll resignierend mit den Worten: „Ne, ne, da krieg'n s' ja an Nobelpreis", wobei er das Wort auf der ersten Silbe zu betonen pflegte. Bei Heinz machte er sich gleich dadurch unbeliebt, daß er ihn im Chemiesaal von seinem gewohnten

Arbeitsplatz wegsetzen wollte. Da saß er nämlich neben einer Klassenkameradin am gleichen Experimentiertisch. Das Mädchen war einerseits recht gut in Chemie, andererseits war er aber auch befreundet mit ihr. „Ne, die zwei sieht man auch außerhalb des Unterrichts häufig miteinander", näselte er, „die sollte man besser auseinander setzen". Die beiden konnten aber mit Hinweis auf ihre gute und fruchtbare fachliche Zusammenarbeit die drohende Trennung abwenden. „Ne, da kann man anscheinend nichts machen", meinte der Lehrer, „so sind die Zeiten eben heutzutage!" Der Bui-Bui kam vielen der in Kriegs - und Nachkriegszeiten recht rauhbeinig gewordenen Jungen etwas verschroben und verweichlicht vor. Es gab aber auch Vorkommnisse, die ihn in einem anderen Licht zeigten und seinen jugendlichen Kritikern Respekt abverlangten. So überraschte er sie eines Tages zu Beginn der Chemiestunde mit der Mitteilung, er werde einen Versuch vorführen, der nicht ganz ungefährlich sei. „Ihre Mitschüler Helmut Hastreiter und Franz Pöttig haben unter meiner Anleitung einen Stoff mit der chemischen Bezeichnung Glycerylnitrat hergestellt, nach einem Verfahren, das ich ihnen aus naheliegenden Gründen aber nicht näher schildern möchte!" Es handele sich um einen Ester der Salpetersäure. Es sei nur eine geringe Menge der Substanz erzeugt worden. Sie sollten sich in einem möglichst großen Abstand um ihn herum postieren, am besten hinter den schützenden Experimentiertischen, dann könne er ihnen vorführen, welche Energie bei der nun folgenden Reaktion frei werde. Dann ließ er aus einem Glasröhrchen einen Tropfen der darin enthaltenen öligen Flüssigkeit auf den Steinfußboden fallen. Es gab einen gewaltigen Knall und alle erschraken ungemein. „Sehen sie", sagte Franz Ströbl mit sanfter Stimme, „wir werden in der heutigen Stunde die Energie berechnen, die bei der Detonation dieses Tropfens freigesetzt wurde. Der Stoff heißt übrigens in der Alltagssprache Nitroglycerin!" „Mensch", sagte Heinz nach Ablauf der Stunde anerkennend zu seinem Freund Sepp Kees, „das war ja ein tolles Stück. So etwas hätte ich dem Bui-Bui eigentlich gar nicht zugetraut!" Der Chemielehrer hatte aber auch eine musische Seite, die ihm bei vielen Schülern zu Sympathien verhalf. Er war ein recht begabter Pianist und gab manchmal für Interessierte im Musikzimmer der Schule Kostproben seines Könnens zum Besten. Als Heinz nach einem solchen Konzert mit Werken von Chopin den Raum verließ, hörte er, wie der Doktor Münzberg seinen Kollegen über den Schellenkönig lobte. Sein Spiel sei ja konzertreif, er könne doch ohne weiteres auch in großen Konzertsälen auftreten. Die Antwort, die der Bui-Bui gab, war typisch für seine Art. „Ne", sagte er näselnd, „das ist nicht so einfach, ne, wie sich das mancher vielleicht vorstellt. Da brauchen's schon einen Impresario!"

Der Physikunterricht fand in aller Regel nicht im Klassenzimmer, sondern im Physiksaal statt. Der lag im Erdgeschoß im Südflügel des Schulgebäudes, direkt über dem Chemiesaal. Die Klasse pflegte sich an solchen Tagen rechtzeitig vor Unterrichtsbeginn vollzählig im Flur vor der zweiflügeligen hölzernen Türe aufzustellen und zu warten, bis der Professor Münzberg auftauchte und sie einließ. Eines Tages, als sie wieder auf das Erscheinen des Lehrers warteten, hatte Heinz eine Idee. „Ich mach' die Türe auf, wir gehen hinein und ich schließ wieder zu", sagte er, „was glaubt ihr, was der Frosch für Augen macht!" „Wie willst' denn da hineinkommen", fragte einer. „Hast du denn einen Schlüssel?" „Da brauch' ich doch keinen Schlüssel", war die Antwort. „Da kommt man auch so hinein. Paß' auf, wie das geht". Mit diesen Worten drückte er ganz oben die eine Hälfte der Türe so weit nach innen, daß der Sperrschieber des zweiten Flügels sichtbar wurde. Den zog er nach unten, und schon griff die oben liegende Zunge des Verschlusses nicht mehr in die entsprechende Aussparung des Türrahmens. Unten tat er desgleichen, und nun konnte er die beiden grün gestrichenen Flügel vorsichtig gleichzeitig aufschieben, weil das nach wie vor ungeöffnete Schloß der Türklinke dem Öffnungsvorgang keinen nennenswerten Widerstand entgegensetzte und einfach mitging. „Seht ihr, so geht das", erklärte er den staunenden Kameraden. „Los, los, schnell hinein, ich muß ja wieder zumachen!" Alle begaben sich in den Saal, und es gelang ihm tatsächlich, diesmal von innen, die Türen durch die entsprechenden umgekehrten Handgriffe wieder zu verschließen. Erwartungsvoll saßen alle auf ihren Plätzen. „Seid's ruhig, daß er nichts hört", mahnte Heinz, „der wird sich sauber wundern, weil niemand draußen steht. Der wird sich gar nicht auskennen". Nach einiger Zeit waren Geräusche zu vernehmen, dann hörte man, wie sich ein Schlüssel im Schloß drehte. Die Türe öffnete sich und der Frosch erschien im Türrahmen. Als er der Klasse ansichtig wurde, war er wie vom Donner gerührt. „Wie seid ihr da herein gekommen", fragte er. „Hat denn einer einen Schlüssel?" Heinz kostete die offensichtliche Verwirrung des Lehrers weidlich aus, indem er die Frage eine ganze Weile unbeantwortet ließ. Dann sagte er süffisant: „Nein, Herr Professor, wieso denn? Wir haben keinen Schlüssel. Woher sollten wir denn einen Schlüssel haben?". „Aber wie seid ihr dann hereingekommen, es war doch abgesperrt, wie ich gekommen bin, das geht doch gar nicht ohne Schlüssel!" Da erklärte ihm Heinz ausführlich und detailliert seinen Trick. Aber der Frosch war überhaupt nicht zufrieden mit dieser Auskunft. „Ich glaube dir kein Wort", sagte er. „Es darf keiner einen Schlüssel haben. Es sind ganz wertvolle Instrumente in diesem Raum, da darf es keinen überzähligen Schlüssel geben! Du mußt den Schlüssel abgeben! Gib sofort den Schlüssel her!" Er war sehr ärgerlich und besorgt. Heinz versicherte ein ums andere Mal, er sei genau so hereingekommen, wie er es eben geschildert habe. „Dann mach' es mir vor", sagte der Lehrer, „das ist zu wichtig, und ich glaub' dir das erst, wenn du es vorgeführt hast!" Also verließen die beiden den Raum, der Frosch sperrte von außen ab und sah dann mit Argusaugen zu, wie Heinz die Türe mit exakt den gleichen Handgriffen wie vorher öffnete. Das alles geschah unter großem Hallo der ganzen Klasse. „Ja, tatsächlich, es stimmt", sagte der Frosch. „Ihr habt keinen Schlüssel. Ich hätte das auch nicht durchgehen lassen. Aber versprich mir, daß du das nicht noch einmal machst!" Es fiel Heinz nicht schwer, dieses Versprechen abzugeben, denn ein zweites Mal wäre die Manipulation ja ziemlich witzlos gewesen. Außerdem hatte er während der Demonstration große Angst gehabt, die Wiederholung des Kunststücks könne fehlschlagen. Die Blamage hätte er ja noch einigermaßen leicht weggesteckt. Was schwerer wog, war die Befürchtung, daß der Frosch dann nicht aufhören würde, auf der Herausgabe eines imaginären, nicht vorhandenen Schlüssels zu bestehen. Jetzt aber war Karl Münzberg zufrieden. Er war auch nicht nachtragend, erwähnte den Vorfall nie mehr und behandelte Heinz mit pädagogisch fürsorglicher Freundlichkeit wie eh und je. Er war eben trotz seiner Eigenheiten ein guter Lehrer. Wer an Physik interessiert war, befand sich bei ihm in guten Händen.

Es gab allerdings auch Klassenkameraden, die den Naturwissenschaften und der Technik in einer Art von aggressiver Feindschaft gegenüberstanden. Einige der neu Hinzugekommenen aus der früheren Parallelklasse lehnten vor allem den Binom vehement ab. Der sei ein bloßer Zahlenmensch, und er peitsche ohne Rücksicht auf Verluste nur sein Pensum durch. Mathe sei ohnehin nichts kreatives, nichts für höhere geistige Interessen. „Vielleicht bist du bloß zu blöd für Mathe", fuhr Heinz einen der Kritiker an. „Das ist halt ein Intelligenzfach, da nützt dummes Daherreden wie beim deutschen Aufsatz wenig". Und Sepp Kees ergänzte die Attacke mit den Worten: „Aber daß das Licht angeht, wenn du den Schalter drehst, daß die Eisenbahn fährt und daß die Häuser nicht einstürzen, das möchtest du schon. Oder meinst du, daß das alles von selber kommt? Benützen möchtest du die Technik schon, aber die sie schaffen und in Gang halten, die hältst du für Deppen!" Es war die alte Kluft zwischen Geistes- und Naturwissenschaften, die sich hier manifestierte und die einem harmonischen Zusammenwachsen der beiden nun zusammengelegten Klassen im Wege stand. Aber mit der Mehrzahl der Neuen kamen sie gut zurecht. Es waren wirkliche Könner dabei, die beide Welten in sich vereinten, wie Franz Pöttig, der Klassenprimus. Der stammte aus dem Sudetenland, glänzte in allen Fächern und wußte einfach überall Bescheid. Er war ein paar Jahre älter als die meisten, und aus diesem Grunde war er wohl mit größerem Ernst bei der Sache als der Großteil seiner Klassenkameraden. Er hatte die Vertreibung aus seiner angestammten Heimat erleben müssen, hatte drei Jahre seines jungen Lebens versäumt, hatte erlebt, was es heißt, nicht lernen zu dürfen und war nun froh, eine neue Chance wahrnehmen zu können. Er wußte, worauf es ankam.

Schon seit der Kriegszeit war Heinz stark am Photographieren interessiert. Der aufklappbare Zeiss-Apparat seines Vaters war nach dessen Soldatentod in Rußland zwar gestohlen worden, jedenfalls war er nicht in der feldgrau gestrichenen Kiste gewesen, die mit den übrigen Habseligkeiten zurückgekommen war, aber die Agfa-Karat, die der Vater unmittelbar nach Kriegsausbruch mit der Bemerkung gekauft hatte „damit der Burschi später auch einmal einen Photoapparat hat", die war noch da. Heinz und sein Freund Rasso waren beide begeisterte Photoamateure, sie photographierten viel, und sie ließen sich alle möglichen Prospekte und Kataloge kommen und schwelgten in Phantasien, welche Modelle sie sich wohl anschaffen würden, hätten sie nur genug Geld. Auch für Filmapparate interessierte er sich. Oft hatte er in dem kleinen Handlexikon des Vaters die Seite aufgeschlagen, auf der ein solches „Liebhaberkino" abgebildet war. Jetzt gab es solche Apparate zwar wieder zu kaufen, aber sie waren ungemein teuer, das ging bei fünfhundert Mark erst los, da war gar kein Darandenken. Dann aber, vor mehr als Jahresfrist, war ein gelber Zettel eines Photohändlers aus Nürnberg mit gebrauchten Kameras ins Haus geflattert, und darin war eine Acht-Millimeter-Schmalfilmkamera angeboten, eine Agfa Movex aus der Vorkriegszeit, allerdings auch für ein Heidengeld. Er zeigte der Mutter die Liste. Die sagte: „Um Gottes Willen, zweihundert Mark, das ist doch viel zu viel. Nein, das können wir uns nicht leisten! Und was werden die Filme kosten, und dann brauchst du ja auch einen Projektionsapparat. Also, das schlag' dir 'mal aus dem Kopf!" Er hatte aber keine Ruhe gegeben. Er habe doch ein Taschengeld, das werde er dafür hernehmen, und einen Projektor brauche er noch gar nicht, den könne man auch später kaufen. Hauptsache, er habe erst einmal die Möglichkeit, Filme aufzunehmen, als Andenken für später. Anschauen könne man sie vorläufig ja bei Bekannten. Es sei ja Teilzahlung möglich, in zwölf Monatsraten, dafür und für die Anzahlung reiche sein Taschengeld aus. Die Mutter gab ihr Einverständnis, betonte aber: „Von mir kriegst du keinen Pfennig für so etwas. Das mußt du dann schon selber regeln, wenn du dich auf so unseriöse Geschäfte einläßt".

So kam es, daß er zwar eine Filmkamera hatte, aber keinen Film außer dem ersten mitgelieferten, denn die monatlichen Ratenzahlungen verschlangen sein ganzes Taschengeld. „Siehst du", hatte die Mutter gesagt, „das ist der Nachteil von Ratenzahlungen. Es soll sogar Leute geben, die kaufen ein Auto auf Stottern, und dann haben sie kein Geld mehr fürs Benzin. Vielleicht läßt du dir das eine Lehre sein für das künftige Leben!" „Aber der erste Film von dem Oktoberfest, und wo du aus dem Haus kommst und am Bachlanger radelst, der ist doch ganz gut geworden", hatte er unwillig zur Antwort gegeben, denn der finanzielle Engpaß war wirklich sehr unangenehm gewesen und er hatte sich auch vorgenommen, in Zukunft nur noch etwas zu kaufen, was er sich auch leisten konnte. Das hätte er aber nie zugegeben, zumal während der mütterlichen Ermahnung auch die Großmutter anwesend war, die ihm aber, so entgegenkommend sie sonst war, aus dieser Patsche auch nicht herausgeholfern hatte. Sie hatte im Gegenteil gesagt: „Was man nicht zahlen kann, das braucht man auch nicht!" Nun aber war der Apparat abbezahlt und er konnte sich zwei neue Zehn-Meter-Einfach-Acht-Kassetten zu je zehn Mark leisten. Damit drehte er zum Gaudium der Mitschüler und mit Duldung der Lehrer einige Szenen während des Unterrichts und auf dem Sportplatz, und als er später das Werk auf dem Projektor einer befreundeten Münchener Familie vorführte, erntete er sogar einigen Beifall dafür. Ein eigenes Vorführgerät bekam er aber erst viele Jahre später, denn auf Pump wollte er nach der gemachten Erfahrung nichts mehr kaufen.

„Gehst mit", sagte er eines Tages zu seinem Freund Sepp Kees. „Heut' abend ist ein Vortrag im Luckerbräu von so einem Spinner aus Murnau über die Hohlwelttheorie. Ich hab's in der Zeitung gelesen. Das ist der Vorsitzende von so einem obskuren Verein, einer Gesellschaft für Erdweltforschung. Das möcht' ich mir anschauen". Der Sepp war auch interessiert, also trafen sie sich abends in dem Lokal neben dem Rathaus. Die Gaststube war voll, weil das Thema seit einiger Zeit permanent in allen Zeitungen und Gazetten hochgespielt wurde. Das Publikum sah nicht gerade nach wissenschaftlichem Sachverstand aus. „G'spinnerte Volkshochschulweiber", raunte er dem Sepp zu. Er hielt wenig von Veranstaltungen dieser Art, seit er einen Vortrag über die spezielle Relativitätstheorie gehört hatte, bei dem weder der Referent noch die Zuhörer auch nur die leiseste Ahnung von der Materie gehabt hatten. Alles war noch weit unter Illustriertenniveau gewesen, und die selbst ernannte Wissenschaftskoryphäe hatte okkultistische und pseudophilosophische Folgerungen aus den Formeln abgeleitet. Es war ja Mode, alles mögliche und unmögliche in Einsteins Theorie hinein zu interpretieren, was aber mit Physik absolut nichts zu tun hatte. Mit Erleichterung stellten sie fest, daß wenigstens der Doktor Münzberg anwesend war, und sie setzten sich zu ihm. Dann kam der Hohlweltmensch und entwickelte seine Theorie. Er malte mit Kreide einen großen Kreis an die Wandtafel, schraffierte dessen Außenlinie und sagte: „Das ist die Erde, auf der wir leben, oder besser, in der wir leben". Die Erde sei ein großer Hohlraum mit einem Durchmesser von etwas mehr als zwölftausend siebenhundert Kilometern. „Wir leben im Inneren dieser Hohlkugel", fuhr er fort. „Ich weiß, das klingt ungewohnt, aber es gibt gute Argumente, die für diese Theorie sprechen". „Wo ist die Sonne, wo ist der Mond, und die Planeten und die Sterne" fragte jemand. „Diese Frage wird natürlich immer als erstes gestellt", sagte der Referent und malte in das Zentrum des Kreises einen zweiten, ganz kleinen Kreis. „Das ist der Fixsternball", erklärte er. „Der schwebt im Zentrum der Hohlwelt. An ihm befinden sich alle Fixsterne. Um diesen Fixsternball kreisen die Planeten, kreist die Sonne, kreist der Mond". „Aber der Mond ist doch mehr als dreihundert vierundachtzig tausend Kilometer von uns entfernt", meldete sich Heinz zu Wort. „Das hat man doch genauestens vermessen. Diese Distanz hat doch gar keinen Platz in ihrer Hohlkugel". „Irrtum", war die Antwort. „Es kommt alles auf den Maßstab an. Alle Strecken verkleinern sich nämlich in unserer Hohlwelt um so mehr, je näher wir zum Zentrum kommen, auch alle Maßstäbe. Deshalb ergeben alle Messungen die bekannten Werte für die Entfernungen der Himmelskörper und auch für ihre Größe". Auch das Argument, man könne doch sogar sehen, daß die Erde keine konkave Hohlwelt, sondern eine konvexe Kugel sei, auf deren Außenseite wir lebten, verfing nicht. Sepp verwies auf die Beobachtung, daß die Mastspitzen von Segelschiffen mit geringer werdender Entfernung immer mehr über dem Horizont auftauchten, und Heinz führte ins Feld, auf Fotos eines Nachfolgemodells der deutschen V2 könne man doch die Erdkrümmung überdeutlich sehen. Die Viking-Rakete der Amerikaner sei doch schon bis in die Stratosphäre aufgestiegen. Aber der Referent ließ sich durch diese Argumente nicht beirren. Der Eindruck trüge, weil wir unbewußt annähmen, das Licht breite sich geradlinig aus. Die Lichtausbreitung sei aber gekrümmt, und zwar immer von der Erdoberfläche weg. Dadurch entstehe der trügerische Eindruck, die Krümmung der Erdoberfläche sei konvex. Das sei keine Sinnestäuschung im herkömmlichen Sinn, sondern es sei durch das Ausbreitungsgesetz der Lichtstrahlen physikalisch bedingt. Jetzt meldete sich der Frosch zu Wort. Was der Vortragende bisher gesagt habe, sei ja alles durch einfache mathematische Transformationen darstellbar, durch welche die uns bekannte Welt in die Hohlwelt überführt werden könne. Diese Transformationen könnten aber nicht erklären, warum der Mond oder die Sonne, die ja angeblich um die Fixsternkugel kreisten, nicht wegen der Zentrifugalkraft plus der Anziehungskraft des außenliegenden Erdkörpers sofort auf die Erde stürzten. Dieses Argument brachte den Vortragenden aber erstaunlicherweise ebenfalls nicht aus der Fassung. Es sei doch nicht gesagt, daß da oben die gleichen physikalischen Gesetze herrschten wie in Erdnähe. Möglicherweise gebe es ja eine andere, zentripetal wirkende Kraft, durch welche die Himmelskörper in ihrer Bahn gehalten würden, oder sonstige noch unbekannte Wirkungen. Aber Doktor Münzberg ließ nicht locker. Eines der erfolgreichsten Prinzipien der Physik sei die Forderung, daß überall die gleichen Naturgesetze herrschten. Davon weiche die Hohlwelttheorie ab. Er sehe nicht, worin der Vorteil liegen solle, wenn man davon abgehe und eine einfache und bewährte Theorie durch eine komplizierte ersetze, die für jeden Ort im Universum andere Naturgesetze postuliere. Aus genau diesem Grunde habe man ja auch das Ptolemäische Weltbild, bei dem die Erde im Mittelpunkt gestanden habe, durch das Kopernikanische ersetzt, mit der Sonne als Mittelpunkt. Und seit Newton sei klar, daß überall im Universum die gleichen Naturgesetze gelten. Der Fall eines Apfels auf die Erde folge den gleichen Regeln wie die Bewegungen der Planeten um die Sonne. „Bravo", raunte Heinz dem Sepp zu, „jetzt hat er ihn aber kalt erwischt!" Zu seiner Überraschung war dem aber nicht so, weil das laienhafte Publikum Münzbergs trockener Argumentation gar nicht folgen wollte oder konnte und fasziniert den weiteren Ausführungen des rhetorisch wesentlich gewandteren Erdweltforschers folgte. Der Frosch hatte offensichtlich resigniert. Er sagte nichts mehr, und auch die wenigen anderen Kritiker waren verstummt, so daß der Vortragende bei den Zuhörern merklich an Boden gewann. Am Ende gab es großen Beifall. Der Saal leerte sich und auch der Hohlwelt-Quacksalber, wie Heinz sich respektlos ausdrückte, räumte das Feld. Ein paar besonders Interessierte blieben noch, und es entspann sich eine längere Debatte über das Gehörte und auch über andere teils physikalische, teils auch philosophische Themen, wobei sich einer ganz besonders hervortat. „Schau'g amal", machte Heinz seinen Freund auf den Diskutanten aufmerksam. „Kennst' den? Das ist der Zeitler, der kommt fast immer zu solchen Vorträgen". Georg Zeitler betrieb eine Gärtnerei und eine kleine Landwirtschaft in der Parchetsiedlung im Weilheimer Moos. Er war aber auch Maurermeister, und es ging das Gerücht, er habe einst sogar ein Architekturstudium absolviert. Mit seinem grauen Rauschebart und seiner unordentlichen Haartracht war er ein in Weilheim sehr bekanntes Original. Tagaus, tagein war er zu Fuß oder mit dem Fahrrad in der Stadt unterwegs, um sein Obst und sein Gemüse anzubieten. Dabei trug er im Sommer und im Winter ausgelatschte Sandalen an den bloßen Füßen, und in diesem Aufzug konnte man ihn bisweilen auch den Zug nach München besteigen sehen. Da fuhr er meist sogar im Abteil erster Klasse, um dann in der Hauptstadt seine Blumen anzubieten. Jetzt wandte er sich direkt an den Frosch: „Herr Professor, sie haben heute vom Universum gesprochen, und daß überall die gleichen Gesetze gelten, und was die Planeten in ihrer Bahn hält. Aber was hält sie denn in ihrer Bahn? Dazwischen ist doch nur der leere Raum!"

Münzberg antwortete bereitwillig: „Das sind die Gravitationskräfte. Das sind Fernwirkungskräfte, die wirken auch über den leeren Raum, da braucht man keinen Stoff dazwischen". „Ja", sagte der Zeitler, „dann ist dazwischen nichts?" Der Frosch nickte bestätigend: „Da ist nichts dazwischen, die Gravitation braucht kein Medium". Der Zeitler aber fragte weiter: „Wenn dazwischen das Nichts ist, dann ist also doch etwas dazwischen, nämlich das Nichts. Dann leitet doch das Nichts diese Kräfte weiter. Aber was ist das, das Nichts, Herr Professor? Was ist das Nichts? Können sie das erklären?" Jetzt kam der Frosch ein wenig in Schwierigkeiten. Er sagte: „Das Nichts - das ist eben das Nichts. Wenn nichts da ist, das ist das Nichts. Aber das Nichts ist kein Gegenstand der Physik, das ist keine physikalische, sondern eine philosophische Frage. Darauf gibt es in der Physik keine Antwort". Man konnte merken, daß der Zeitler nicht ganz zufrieden war mit dieser Antwort. Er sagte aber trotzdem „vielen Dank Herr Professor, vielen Dank", und der Frosch war sichtlich froh, daß er keine weiteren unkonventionellen Fragen von dem Gärtner und Philosophen zu erwarten hatte. Heinz aber sagte kurz bevor sie das Lokal endgültig verließen zu seinem Physiklehrer, er wisse noch ein weiteres Argument, das für die Hohlwelttheorie spreche, und das sei sogar unwiderleglich. „Ja, was hast du denn für ein Argument", fragte der Frosch, und Heinz antwortete: „Es ist doch eine Tatsache, daß sich alle Schuhsohlen, wenn die Schuhe schon ein wenig ausgelatscht sind, nach oben biegen. Das kommt von der Hohlkugel, in der wir leben. Wenn wir außen auf einer Kugel laufen würden, müßten sie sich ja nach unten krümmen!" Der Frosch hatte Sinn für Humor und sagte schmunzelnd: „Das hättest du in der Diskussion bringen müssen. Aber das heutige Publikum hätte vielleicht sogar diesen Witz für bare Münze genommen!"

Schulzen & Tricksen

„Was soll denn jetzt des wieder hoaßen?", fragte die Großmutter. „Euch junge Leut' kann man schon überhaupt nicht mehr verstehen mit eurem Kauderwelsch! Eine Schuitzen habt's morgen. Was ist denn das? Ist das wieder so ein englischer Ausdruck? Könnt ihr denn gar nicht mehr Deutsch reden?" „Das ist nicht Englisch, Großmutti", erklärte Heinz. „Schulzen, das ist doch bloß eine Abkürzung für Schulaufgabe. Eine Schulaufgabe haben wir, eine schriftliche Prüfung halt, in Chemie, beim Frosch, beim Münzberg. Es gibt Schulaufgaben, die werden vorher angekündigt, da weiß man, an dem und dem Tag ist Prüfung, und außerdem gibt's auch noch Exen. Eine Ex ist eine schriftliche Prüfung ohne Ankündigung. Extemporale heißt das eigentlich, das kommt aus dem Lateinischen, von ex tempore - aus dem Augenblick - weil es ganz plötzlich kommt, ohne daß man es vorher weiß, verstehst?" „Ja, ja", sagte die Großmutter, „ist schon recht, du alter Wortklauber. Aber da willst du heut' noch was lernen? Da bist aber reichlich spät dran, einen Tag vor der Prüfung". „Ich will nur den Stoff noch ein bißchen wiederholen", antwortete er. In Wirklichkeit hatte er aber vor, den Frosch auszutricksen, der damals noch ihr Chemielehrer war. Der war nämlich in letzter

Zeit ungewöhnlich oft auf dem Thema „Trockene Holzdestillation" herumgeritten. Immer wieder und länger als sonst hatte er die chemischen Grundlagen und die technischen Verfahren zur Herstellung von Holzgas für Holzgasgeneratoren erklärt, wie sie während des Krieges und in der Nachkriegszeit häufig bei umgerüsteten PKW und LKW, den „Holzgasern", zu sehen waren und wie sie auch jetzt noch bisweilen herumfuhren. „Schreibt'ser, der Deer", hatte er in seiner unverwechselbaren altösterreichisch-böhmischen Ausdrucksweise immer wieder die chemischen Vorgänge geschildert und zur Niederschrift diktiert, wie beim Erhitzen von Holz unter Luftabschluß durch thermische Dissoziation Holzkohle und Holzkohlenteer entsteht und wie sich dabei auch brennbare Gase bilden, die man zum Antrieb von Motorfahrzeugen verwenden könne. Heinz glaubte den Grund für die intensive Behandlung dieses Stoffes zu kennen. Der Frosch würde das Verfahren bestimmt in der angekündigten Schulzen als Prüfungsaufgabe stellen und wollte vorher sicher sein, daß es auch alle verstanden hatten. Also nahm er einen Doppelbogen liniertes Papier, wie es auch bei Schulaufgaben verteilt wurde, und schrieb fein säuberlich alles nieder, was zu diesem Thema zu sagen war. Oben ließ er etwas Platz für eine Überschrift, denn man konnte nicht wissen, welcher Titel genau für die Aufgabe gewählt sein würde. Er vergaß auch nicht, einige fehlerhafte Passagen einzubauen, diese dann aber wieder durchzustreichen und durch die richtigen Ausdrücke zu ersetzen, so daß alles so aussah, als wäre es in der Nervosität der Prüfungssituation entstanden. Den fertig beschriebenen Bogen legte er in seinen großformatigen, aber recht dünnen Schulatlas.

Am nächsten Schultag legte der Frosch zunächst auf jeden Arbeitsplatz die Papierbogen, auf denen die Prüfungsarbeit niedergeschrieben werden sollte. Der Junge stellte mit Befriedigung fest, daß das Papier haargenau seinem mitgebrachten glich. Dann verteilte der Lehrer die hektographierten Blätter mit dem Prüfungstext. Es waren zwei Aufgaben, und die erste hieß tatsächlich: „Die trockene Destillation von Holz. Schildere die chemischen Grundlagen und das technische Verfahren zur Herstellung von Holzgas". Heinz widmete sich zunächst dem zweiten Thema. Die Reihenfolge der Bearbeitung spielte ja keine Rolle. Als Schreibunterlage hatte er den Atlas auf die etwas rauhe Platte des Experimentiertisches im Chemiesaal gelegt. Der Frosch ging langsam durch die Reihen, einerseits um zu sehen, wie die Prüflinge mit ihrer Arbeit vorankamen, andererseits um Abschreiben oder die Verwendung von „Spickzetteln" zu verhindern. Dieses moderate Vorgehen war immerhin nicht so spektakulär wie die Kontrollmethoden seines Kollegen Paul Fleischmann, den sie im Vorjahr gehabt hatten. Der hatte die Schulaufgaben nicht im Chemiesaal, sondern im Klassenzimmer abgehalten. Er hatte sich dabei immer hinten auf die letzte Schulbank gestellt und war da während der gesamten Prüfungszeit stehen geblieben. So konnte er von seiner erhöhten Position aus mit Argusaugen den gesamten Raum überwachen in der Hoffnung, etwaigem Spicken vorbeugen zu können. Aber auf diese Weise konnte er natürlich nur relativ primitive Praktiken des Abschreibens verhindern. Der etwas raffinierteren Vorgehensweise des Jungen wäre er auf seine Art wohl auch nicht auf die Spur gekommen. Als etwas mehr als die Hälfte der vorgesehenen Prüfungszeit vergangen war, holte Heinz seinen fertigen Text aus dem Atlas, legte ihn oben drauf und fing an, noch einige Zeilen durchzustreichen und, mit Sternchen versehen, am Ende des Textes in etwas veränderter Form wieder niederzuschreiben. „Na, du bist ja schon ganz schön weit", meinte der Frosch anerkennend, als er wenig später wieder vorbeikam. „Du bist ja gewaltig vorangekommen inzwischen". „Ja", sagte der Junge, „es ist ja auch eine leichte Aufgabe!" Er bekam eine glatte Eins für diese Schularbeit. Aber die hätte er vermutlich auch bekommen, wenn er die Aufgabe nicht schon fertig gelöst mitgebracht hätte. Bei einer derart intensiven Auseinandersetzung mit dem Thema unmittelbar vor der Schulzen hätte er die Lösung wohl auch während der Prüfung gut hingebracht. Aber dann hätte die Befriedigung gefehlt, dem Frosch mit Tricksen ein Schnippchen geschlagen zu haben!

Sie überlisteten die Lehrer aber nicht nur zu ihrem eigenen Vorteil. Auch den Klassenkameraden halfen sie, wann immer es möglich war, und bei diesen freundlichen Hilfestellungen gingen sie ebenfalls mit kreativer Phantasie zu Werke. Bloßes Einsagen bei mündlicher Befragung durch den examinierenden Professor wurde von diesem meistens bemerkt und sofort unterbunden. Das war eine veraltete und meistens erfolglose Art der Hilfestellung und man lief dabei auch noch Gefahr, den Spott des Examinators auf sich zu ziehen. „Ja, Staudinger, ich weiß ja, daß sie das können. Aber sie sind ja nicht gefragt. Also halten sie doch besser den Mund", war dann beispielsweise die Reaktion von Doktor Krammer in der Mathematikstunde, und boshaft, wie er war, rächte er sich wenig später dadurch, daß er den Einsager mit einer ganz besonders schwierigen Aufgabe traktierte. Besser war es da schon, die Antwort auf eine gestellte Frage in großen Lettern auf ein Blatt Papier zu schreiben und es derart auf der eigenen Schulbank zu plazieren, daß der Examinierte es gut ablesen konnte. Das funktionierte aber natürlich auch nur dann, wenn der Lehrer weitab, am besten vorne am Pult stand und wenn derjenige, dem geholfen werden sollte, der Banknachbar war oder auch einer aus der Sitzreihe dahinter.

Bei schriftlichen Prüfungen gab es allerdings ungemein wirksamere Methoden der Hilfestellung. „Mensch, ich steh' auf der Kippe in Mathe", klagte eines Tages vor einer Schulzen ein Klassenkamerad. „Ich kann mir keine schlechte Note mehr leisten!" Heinz, der mit der Mathematik keinerlei Schwierigkeiten hatte und sie mehr als interessantes geistiges Trainingsfeld denn als Plage empfand, bot sofort seine Hilfe an. „Du sitzt doch bloß drei Reihen hinter mir", sagte er. „Weißt was, da verlegen wir eine Schnur unter den Bankreihen durch, unter den Fußbrettern, verstehst? Das eine Ende bleibt bei dir, und an das andere bei mir, da binden wir einen Zettel hin. Sobald ich meine Aufgabe fertig hab', schreib' ich die Lösung auf den Zettel, dann zieh' ich kräftig an der Schnur, damit du weißt, du kannst den Zettel zu dir holen. Mußt bloß vorsichtig sein beim Ziehen, damit sich der Zettel nicht losreißt und damit der Binom nichts merkt!" Der Trick funktionierte anstandslos. Schade war nur, daß die Prüfung aus drei Aufgaben bestand. Heinz konnte aber nur zwei Lösungen anbieten, für die dritte hätte die Zeit nicht mehr ausgereicht. Die versaute der Freund auch völlig. Aber immerhin, zwei Drittel hatte er richtig, und der Krammer fand nach der Korrektur sogar lobende Worte für ihn. „Ihre Leistungen sind ja wesentlich besser geworden", sagte er. „Ich versteh' nur nicht, daß sie ausgerechnet bei der leichtesten Aufgabe so völlig daneben liegen. Aber immerhin, sie sind auf dem richtigen Weg".

Den Krammer konnten sie auch bei einer weiteren Gelegenheit auf höchst elegante Weise überlisten, und zwar ganz spontan und ungeplant. Der Bahle Karl aus Huglfing war eigentlich ein recht guter Schüler und hatte solcherlei Hilfen normalerweise gar nicht nötig. Jetzt war er aber einige Zeit krank gewesen, hatte viel an Lernstoff versäumt und einige Schulaufgaben nicht mitmachen können. Auch in Mathe sollte er nun eine Prüfungsarbeit nachholen. „Mir ist schon ein bißchen mulmig", sagte er. „Ich hab' ja viel nachgeholt daheim, aber ob ich das jetzt alles schon so gut kann wie wenn ich dabei gewesen wäre, weiß ich auch nicht. Hoffentlich geht's gut!" „Ja mei", sagte der Sepp, „da können wir dir auch nicht helfen, da mußt' halt jetzt durch!" Sie konnten ihm aber doch helfen, völlig unerwartet zwar, aber effizient. Als nämlich der Krammer zu Beginn der ersten Stunde das Klassenzimmer betrat, hatte er außer seiner abgegriffenen Aktentasche auch noch einen Stapel hektographierter Blätter dabei. Er stellte die Tasche neben dem Pult auf den Boden, legte den Stapel auf das Pult, nahm das oberste Blatt in die Hand und sagte: „Bahle, sie schreiben ja heute eine Arbeit. Kommen sie 'raus, hier sind die Aufgaben. Nehmen sie das Blatt, nehmen sie Schreibzeug mit, und Lineal. Winkel, Zirkel, Rechenschieber, Radiergummi vielleicht. Sonst nichts. Sie kommen in das Kartenzimmer nebenan. Da sperr' ich sie ein. Sie haben eine Stunde Zeit. Dann laß' ich sie wieder 'raus. Los, kommen sie mit!" Der Bahle suchte seine Siebensachen zusammen und ging mit dem Mathelehrer nach draußen. Der kam nach kurzer Zeit wieder herein, griff nach dem Stapel, reichte ihn dem Schüler, der ihm zunächst saß, sagte: „Tensi, teilen sie das aus", wartete, bis jeder seinen Zettel bekommen hatte und legte dann in seiner stenographischen Schnellsprechweise los: „Nun woll'n wir uns mal an die Lös'ng machen. Es ist eine Aufgabe aus der A'lyt'schen 'metrie und eine aus der Inf's'mal Rechn'. Na. Pöttig, trau'n s'sich drüber? Also, fang'n s'an!" Für Heinz war die Sache klar. Sie hatten die gleichen Aufgaben vor sich, die der Binom auch dem Bahle mitgegeben hatte. Er zischte dem Sepp, der neben ihm in der gleichen Bank saß, zu: „Du die erste, ich die zweite!" Der verstand sofort, holte ein Blatt Papier hervor und begann, die erste der beiden Aufgaben zu studieren. Heinz tat das gleiche mit der zweiten. Sie ließen den Unterricht Unterricht sein und widmeten sich ganz der Lösung. Zum Glück merkte der Lehrer nichts und versuchte auch nicht, die beiden in irgendeiner Weise in den weiteren Fortgang der Mathestunde einzubinden. Nach weniger als zwanzig Minuten sagte Sepp leise: „Ich bin fertig, und du?" Ich auch, gleich", war die Antwort, „gib' dein Blatt her, ich bring's ihm." Heinz faltete die beiden Blätter, steckte sie in die Hosentasche und meldete sich: „Herr Professor, darf ich 'mal austreten?" „Na ja, gehen's halt", war die lakonische Antwort. Er verließ das

Klassenzimmer. Gleich rechts daneben war die Türe zu dem kleinen Raum, in dem die an hohen Holzgestellen aufgehängten geographischen Landkarten aufbewahrt wurden. Er drückte die Türklinke. Es war tatsächlich abgesperrt. Er klopfte an der Tür und rief mit gedämpfter Stimme: „Hey, Karo!" Keine Antwort. Nach einem nochmaligen Versuch schien der drinnen was zu merken. „Hey, ich bin's, der Heinz. Wir haben deine Aufgaben gelöst. Ich schieb's dir unter der Tür' durch!" Der Bahle kapierte und zog die Papierbogen zu sich hinein in sein Prüfungszimmer. Heinz aber begab sich auf die Toilette, verbrachte einige Anstandsminuten darin und ging dann wieder zurück in den Klassenraum. Er setzte sich an seinen Platz neben dem Sepp. Der fragte: „Alles Okay?" „Alles Okay", sagte Heinz. „Hat wunderbar hingehauen, hoffentlich hilft's ihm!" Ob es dem Bahle wirklich geholfen hatte, blieb im Dunkel. Der bekam jedenfalls ein „Sehr gut" für die Schularbeit, bestritt aber später ganz vehement, die Hilfe überhaupt gebraucht und in Anspruch genommen zu haben. Heinz und Sepp hatten aber ungeachtet dieser stolzen Abwehrreaktion das gute Gefühl, einen Samariterdienst geleistet zu haben.

Es gab aber auch Hilfsaktionen, die auf blamable Weise scheiterten und für das Ansehen der Akteure nicht gerade förderlich waren. Zum Glück war der betroffene Lehrer so tolerant und großzügig, daß er aus der Angelegenheit keine große Affäre machte. Studienrat Gregor Spannagl, der Lateinlehrer, den sie liebevoll Spanni nannten, war das Musterbeispiel eines guten Pädagogen, einfühlsam, aber nicht kumpelhaft, korrekt, aber kein Prinzipienreiter, fordernd, aber auch geduldig und verständnisvoll, kurz, eigentlich das Idealbild eines Lehrers. Der hatte für den Montag der kommenden Woche eine Schulaufgabe angekündigt. Als Heinz am Freitag nach der letzten Unterrichtsstunde das Schulgebäude verlassen hatte und sein Fahrrad besteigen wollte, trat ihm Heinrich Wolfart, der Deutschlehrer, in den Weg und fragte: „Staudinger, kann ich 'mal mit ihnen reden? Ich hab' da was Wichtiges für sie!" Verwundert lehnte der Junge das Radl an die Hauswand. Was der Bubi wohl von ihm wollte? Der aber führte ihn etwas beiseite hinter die Hecke, die den Vorplatz vor dem Haupteingang gegen die Zufahrt zum Schulhof abgrenzte, zog ein hellblau hektographiertes A5 - Blatt aus der Jackentasche und sagte: „Der Kollege Spannagl will doch am Montag eine Prüfungsarbeit schreiben lassen. Da habe ich den Text. Der Spannagl hat es im Lehrerzimmer in den Papierkorb geworfen, weil die Schrift ein wenig verwischt ist. Man kann es aber gut lesen. Ich habe es, als er weg war, herausgefischt". „Ja, was soll ich denn damit", fragte Heinz. Er war total verwirrt ob der ungewohnten Kumpanei des Lehrers. Er war ja inzwischen recht gut in Latein und brauchte infolgedessen keine derartigen Hilfen. Der Bubi aber meinte, es sei auch nicht für ihn, sondern für eine Klassenkameradin, die, wie er wisse, derzeit Schwierigkeiten in Latein habe. Der müsse man doch irgendwie helfen. Es sei doch schade, wenn sie wegen Latein das Abiturjahr wiederholen müsse. Ob er ihr den Text nicht zustecken könne, er kenne das Mädchen doch recht gut. „Ich glaube, die ist schon weg", sagte der Junge. „Sie ist doch eine Fahrschülerin, und der Zug ist wahrscheinlich schon abgefahren". „Versuchen sie's halt", sagte der Bubi. „Vielleicht kann man sie doch noch irgendwie erreichen, oder sie fahren mit dem Fahrrad hin, das tun sie doch sonst auch öfters". „Ich werd's versuchen", sagte der Junge, immer noch etwas sprachlos, „danke, Herr Professor!" Er fuhr zum Bahnhof, aber der Zug war tatsächlich schon weg. Auf dem Rückweg traf er dann die beste Freundin des Mädchens. Von der wußte er, daß sie recht oft am Wochenende mit der anderen zusammenkam. Das konnte ihm eine lange Radltour ersparen. Er sprach sie an. Zu seiner Erleichterung erfuhr er, daß die beiden sich am morgigen Samstag tatsächlich treffen wollten. Er erklärte ihr den Sachverhalt und bat sie, der Freundin den Prüfungstext zu bringen. Er vergaß nicht, ihr strengste Diskretion in der heiklen Angelegenheit abzuverlangen, und das versprach sie auch hoch und heilig.

Als er am Montag früh das Klassenzimmer betrat, spürte er sofort, daß irgend etwas nicht in Ordnung war. Es ging zu wie in einem Bienenschwarm. Es lag erkennbar eine hohe Nervosität in der Luft, die ihm ganz ungewohnt vorkam, denn sonst war die Stimmung vor Schulaufgaben eher abwartend und ruhig, fast depressiv. Jetzt aber waren viele damit beschäftigt, kleine Zettelchen auszutauschen oder Notizen zu machen. Dann kam prompt ein Mitschüler auf ihn zu und sagte mit verschwörerischem Unterton: „Weißt du's schon? Wir haben den Text von der Lateinschulzen! Der ist im Lehrerzimmer im Papierkorb g'wesen, und da hat ihn jemand g'funden. Wir haben schon die wichtigsten Wörter samt Übersetzung 'rausg'schrieben, und auch eine ganze Passage, die b'sonders schwierig ist. Brauchst' bloß noch abschreiben. Da hast den Zettel!" Heinz war zutiefst schockiert. Jetzt hatte die Wichtigtuerin also doch nicht dichthalten können und alles an die ganze Klasse verteilt, statt nur die Freundin einzuweihen. Er nahm den Zettel, warf einen Blick darauf und gab ihn zurück mit der Bemerkung: „Das brauch' ich nicht, ist ja auch nicht so schwierig. Die Verben kenn' ich alle". Dann ging er nach draußen. Er mußte jetzt erst einmal seine Gedanken ordnen. Er überlegte fieberhaft, was er tun könne, um ohne größeren Schaden aus dieser verfahrenen Situation wieder herauszukommen. Eines war ihm klar, die Sache würde nicht unentdeckt bleiben. Wenn alle plötzlich alles richtig hatten, das würde zweifellos auffallen. Der Spanni war doch auch nicht dumm! Ihm fiel die Geschichte mit den geklauten Abituraufgaben ein. Damals, vor einigen Jahren, waren einige Schüler nach einer halsbrecherischen Fassadenkletterei zu nachtschlafender Stunde in das Direktoratszimmer eingedrungen, hatten die Abs-Aufgaben aus dem Schrank geholt, hatten die versiegelten Umschläge geöffnet, dabei aber nicht das Siegel gebrochen, sondern die versiegelte Schnur auf der Rückseite des Umschlags durchtrennt, hatten die Aufgaben abgeschrieben, hatten sie danach wieder in die Kuverts zurückgesteckt und die durchtrennte Schnur hinten wieder zusammengebunden. Die Missetat war zunächst gar nicht aufgefallen. Lediglich die Tatsache, daß einige ganz schlechte Schüler ganz brillante Ergebnisse erzielen konnten, hatte einige Mitglieder der Prüfungskommission stutzig gemacht. Daraufhin waren die verdächtigen Kandidaten verhört worden und hatten alsbald ihre Informanten preisgegeben, und die ganze Geschichte war aufgeflogen. Einige der Beteiligten waren von der Schule geflogen, durften aber später an einer anderen

Schule das Abitur wiederholen. Der Haupttäter jedoch wurde für immer von der Schule relegiert. Das alles ging dem Jungen durch den Kopf. Auch in dem vorliegenden Fall würde es hochnotpeinliche Untersuchungen geben, das Mädchen würde dem Druck der Befragung nicht standhalten können, sie würde ihn als Informationsquelle nennen, und als Krönung der Affäre würde zum Schluß der Bubi als Lieferant des Prüfungstextes enttarnt werden. Heinz hatte das ungute Gefühl, in einem nahezu unlösbaren Gewissenskonflikt zu stecken. Sollte er die Dinge einfach laufen lassen? Oder sollte er dem Spanni alles erzählen, zu seiner und des Deutschlehrers Schande? Zum Glück war ja noch etwas Zeit! Sie hatten zunächst eine Deutschstunde beim Bubi, dann erst kam die Lateinstunde mit der Prüfung. Ja, das war die Lösung! Er würde nicht dem Spanni, sondern dem Bubi von der Panne berichten. Sollte der doch entscheiden, ob er das Risiko eingehen und nichts unternehmen oder dem Spannagl in letzter Minute ihrer beider Verfehlung beichten wollte. Aufgewühlt wartete er draußen am Gang auf das Erscheinen des Lehrers. Der kam zum Glück nicht auf den letzten Drücker. Heinz trat ihm in den Weg und sagte: „Herr Professor, da ist ganz 'was furchtbar peinliches passiert!" Der Bubi zuckte sichtlich zusammen. Er schien zu ahnen, worum es sich handelte. Als ihm der Junge das ganze Ausmaß der Panne geschildert hatte, sagte er nur: „Da muß ich wohl mit dem Kollegen sprechen. Hoffentlich erreiche ich ihn noch rechtzeitig". Damit setzte er sich in Richtung Lehrerzimmer in Bewegung. Wenig später erschien er etwas verspätet im Klassenzimmer und begann mit dem Unterricht. Heinz hatte keine Gelegenheit, mit ihm zu reden und wußte deshalb nicht, ob und mit welchem Ergebnis er mit dem Lateinlehrer gesprochen hatte. Dann war die Deutschstunde zu Ende, der Bubi räumte das Feld und wenig später erschien Gregor Spannagl. Der sagte knapp: „Wie sie wissen, haben wir heute eine schriftliche Prüfung, eine Übersetzung aus dem Lateinischen ins Deutsche. Hier ist der Text". Dann verteilte er wortlos die hektographierten Blätter mit der Aufgabe. Heinz sah, daß es nicht der geklaute Text war. Der war mit Schreibmaschine geschrieben gewesen, den neuen hatte der Lehrer handschriftlich zu Papier gebracht und ihn dann, vermutlich in großer Eile, im Sekretariat vervielfältigen lassen. Als die Stunde zu Ende war, sammelte Spannagl die Blätter ein und verließ den Raum, ohne ein einziges Wort zu verlieren. Danach herrschte große Aufregung im Klassenzimmer. „Mensch, das war ja eine ganz andere Aufgabe", sagte einer. „Was hast du uns denn da für einen Bären aufgebunden", raunzte ein anderer die unglückselige Klassenkameradin an. Die schien die Welt nicht mehr zu verstehen. „Ich weiß auch nicht, wie das kommt", sagte sie", ich war ganz sicher, das war die Prüfungsaufgabe!" Und zu Heinz gewandt meinte sie: „Da muß uns doch einer verpfiffen haben! Ich möchte bloß wissen, wer das war". Der aber nahm sie beiseite und sagte erbost: „Ich kann dir sagen, wer das war. Ich war's! Ich hab's dem Bubi sagen müssen. Das wär' ja doch alles aufgekommen. Wie kannst du auch so blöd sein und den Text an alle verteilen. Du hast mir doch versprochen, daß du's nur deiner Freundin weitergibst!" Sie antwortete nichts, warf ihm aber einen vernichtenden Blick zu. Das beeindruckte ihn gleichwohl wenig, denn er war nach wie vor der Meinung, in dieser von ihr verursachten Zwangssituation das Richtige getan zu haben. Die Freundin schnitt in der Schulzen recht gut ab, so daß sich die ganze Aktion und Peinlichkeit im Nachhinein eigentlich als überflüssig erwies. Heinrich Wolfart erzählte später, der Spannagl habe ihn nach seinem Geständnis einigermaßen verständnislos angesehen, sich aber lediglich zu den Worten „aber Herr Kollege, das hätte ich ja nun nicht von ihnen gedacht" hinreißen lassen. Er habe aber auch hinzugefügt, die Handlungsweise des Schülers Staudinger verdiene im Grunde sogar Hochachtung. Der fühlte sich dadurch zwar nicht geehrt, war aber heilfroh, daß alles so glimpflich ausgegangen war.

Wo man mit irgendwelchen Tricks gar nichts ausrichten konnte, das war der deutsche Aufsatz. Zwar gab es Mitschüler, die sich einen Hausaufsatz von einem Klassenkameraden schreiben ließen, manchmal sogar gegen Bezahlung, aber bei Schulaufgaben mußte jeder gezwungenermaßen seinen Senf selber zu Papier bringen. Der Bubi legte immer großen Wert auf eine saubere Gliederung. „Erst eine Stoffsammlung machen", predigte er, „und dann eine Gliederung, damit Ordnung in das Sammelsurium kommt. Dabei merken Sie auch, was überflüssig ist und was noch fehlt im logischen Fluß". Viele verfertigten aber die Gliederung erst im Nachhinein, wenn der Aufsatz schon fertig war, eine Todsünde in den Augen des Lehrers. „Man kann nicht einfach nur losschreiben", mahnte er, „das merkt man einem Text an, wenn keine gedankliche Disziplin herrscht".

„Also, Herrschaften, ich darf doch um Ruhe bitten". Heinrich Wolfart hatte wie immer Mühe, sich Gehör zu verschaffen. Dann sagte er, und es klang ein bißchen wie eine Entschuldigung: „Sie wissen ja, wir müssen heute eine Schulaufgabe schreiben. Wir brauchen Noten für den Jahresfortgang, auch wenn diesmal am Ende des Schuljahres die Abiturarbeit steht". Es dauerte eine ganze Weile, bis alle auf ihren Plätzen saßen. „Ich habe mir gedacht, daß ich fünf Themen zur Wahl stelle. Sie können sich eins davon aussuchen. Ich denke, es ist für jeden Geschmack was dabei. Es sind zwei politische Themen, zwei mehr allgemeine und außerdem ein Schiller-Zitat". Er drehte an der Kurbel an dem großen Tafelgestell, bis die zweiflügelige Mechanik eine noch unbeschriebene Fläche nach vorne beförderte. Dann schrieb er die fünf Aufgaben an.

1.) Ist ein friedliches Zusammenleben der kapitalistischen und der kommunistischen Welt möglich?
2.) Unter welchen Voraussetzungen ist eine Wiedervereinigung Deutschlands möglich?
3.) Vom Nutzen und Nachteil der Historie für das Leben.
4.) Welche Ausblicke eröffnet uns die bevorstehende Raumschiffahrt?
5.) Es gibt noch höhern Wert als kriegerischen. (Schiller, Wallenstein).

Wie beim Bubi üblich, entwickelte sich zunächst eine rege Diskussion über die einzelnen Themen, vor allem darüber, ob die Überschriften überhaupt richtig formuliert waren. Besonders bei dem Weltraumthema schien es Klärungsbedarf zu geben. Einige zweifelten an, daß es so etwas wirklich geben könne und nahmen deshalb Anstoß an dem Wort „bevorstehend". Nach einigem Hin und Her einigte man sich dann auf die Formulierung: „Welche Ausblicke eröffnet die Weltraumschiffahrt?" Dann konnten sie endlich anfangen. Heinz wählte das vierte Thema, denn auf dem Feld der Eroberung des Weltraums glaubte er einiges zu wissen. In der naturwissenschaftlich-technischen Zeitschrift „Orion", die er abonniert hatte, waren schon viele Berichte über die Möglichkeiten der Raumfahrt erschienen, und auch einige sonstige populärwissenschaftliche Bücher über das Thema hatte er verschlungen, so daß er relativ gut über die physikalischen und technischen Probleme und deren Lösungsmöglichkeiten informiert war. Weil er so viel wußte, hatte er aber Mühe, in der vorgegebenen Zeit fertig zu werden. Er schrieb ja wie immer alles zunächst als Manuskript in sein Schmierheft und übertrug es erst am Schluß auf das Prüfungspapier ins Reine. Er schlug einen großen Bogen von den astronomischen Kenntnissen der alten Babylonier über die Griechen, die schon ein heliozentrisches Weltbild hatten, das dann allerdings durch das ptolemäische wieder verdrängt worden sei und kam über den Astronomen Kepler zu den ersten ernst zu nehmenden Arbeiten am Ende des neunzehnten und zu Beginn des zwanzigsten Jahrhunderts. Er erwähnte die Beiträge Hermann Ganswindts und Max Valiers sowie die frühen Arbeiten Wernher von Brauns. Über dessen erste Flüssigkeitsrakete V2 während des Zweiten Weltkriegs und deren Weiterentwicklung durch die Amerikaner kam er dann zu der Frage der Möglichkeiten geeigneter Antriebe von Raumfahrzeugen, erwähnte den Nutzen von mehrstufigen Raketen, plädierte für einen künstlichen Mond als Weltraumstation und schilderte zum Schluß einige Anwendungen wie die Verwendung als Abschußstation für Atomgranaten, die Installation von astronomischen Fernrohren außerhalb der Lufthülle der Erde und die mögliche Beeinflussung des Klimas durch große Spiegel in einer stationären Umlaufbahn. Die Hoffnung, Lebensmöglichkeiten auf anderen Planeten vorzufinden, verwarf er, hielt aber die Suche nach Bodenschätzen für aussichtsreich. Am Ende gab er der Hoffnung Ausdruck, daß dieser neuerliche Fortschritt der Menschheit zeigen könne, wie klein und nichtig sie auf ihrem Planeten sei und daß sie durch die neuen Ausblicke künftig eher zu einem friedlichen Zusammenleben bereit sein könne. Gerade noch rechtzeitig vor Ablauf der Abgabefrist las er den Aufsatz noch einmal durch und tilgte einige Flüchtigkeits- und Rechtschreibfehler, dann gab er aufatmend alles ab in dem Gefühl, eine gute Arbeit geliefert zu haben. Er hatte ja bisher fast immer gute oder sehr gute Noten bekommen für seine früheren Aufsätze. Um so größer war die Enttäuschung, als er eine gute Woche später mit dem Ergebnis konfrontiert wurde. Eine Drei hatte ihm der Bubi verpaßt. Themaverfehlung, stand mit roter Tinte drauf. Auf Nachfrage erklärte der Lehrer, es sei ja nach den Ausblicken der Weltraumschiffahrt gefragt worden. Er aber habe langatmig die Vorgeschichte, die Grundlagen, die physikalischen und technischen Möglichkeiten abgehandelt und sei erst ganz zum Schluß auf einige Anwendungen zu sprechen gekommen, und das müsse er nun einmal als Themaverfehlung werten. Er habe mit einem Fachkollegen darüber gesprochen, der sehe es auch so. Zur physikalischen Seite habe er den Doktor Münzberg befragt. Der sei ganz begeistert gewesen von der Abhandlung und habe auch bestätigt, daß wissenschaftlich und technisch alles in Ordnung sei. Aber, so der Bubi weiter, er dürfe eben gerade nicht die physikalische Qualität bewerten, sondern die sprachliche, und die sei nicht in Ordnung. Heinz hatte Mühe, den Mißerfolg zu verarbeiten, besonders auch deswegen, weil der Bubi im Anschluß an seine Fundamentalkritik den elegant und formvollendet formulierten Erguß einer Mitschülerin verlesen ließ, der von physikalischen, technischen und logischen Unmöglichkeiten nur so strotzte, der aber mit der Note Eins bewertet worden war. „So kann's gehen. Der Cowboy wußte zu viel, deshalb mußte er sterben", spottete sein Freund Sepp nach Ablauf der Stunde.

Sein Interesse für die Raumfahrt verführte ihn wenig später dazu, im Zeichenunterricht beim Professor Hess einen Linolschnitt für ein Exlibris ebenfalls diesem Thema zu widmen. Er entwarf eine Grafik, die den Vorstoß einer Rakete in den Weltraum darstellte. Als der Zeichenlehrer das Bild sah, sagte er zwar: „Glauben sie, daß es so etwas jemals geben wird? Ich nicht!" Aber die Bildkomposition als solche gefiel ihm sehr gut, und es gab eine glatte Eins für diese Arbeit. Das war der umgekehrte Effekt wie bei dem Aufsatz: Inhalt für unrealistisch erachtet, Form einwandfrei. Heinz dachte lange über beide Vorfälle nach, und im Nachhinein mußte er dem Bubi sogar recht geben.

Endspurt

Der Termin für die Reifeprüfung rückte unerbittlich näher. In den Fächern, in denen es keine Abschlußprüfung gab, hatten sie in Schulaufgaben, mündlichen Prüfungen und Extemporalen ihr Wissen unter Beweis gestellt und damit die Grundlage für eine angemessene Jahresnote geschaffen. Paul Hess, der Zeichenlehrer, war nach langem Krankenhausaufenthalt glücklicherweise auch wieder da. Er hatte zu Beginn des Schuljahres einen schweren Motorradunfall erlitten und war monatelang ausgefallen. Seine Vertreterin, eine neue, etwas exaltierte Lehrerin, war Heinz ziemlich auf die Nerven gegangen. „Die läßt uns Einladungskarten für Geburtstage malen mit Vignetten und Blümchenverzierungen drum herum, und das in unserem Alter. Das ist doch was für kleine Kinder, das ist doch läppisch", sagte er zum Sepp, und der hatte auch einiges an der Person auszusetzen. „Wenn sie was über Kunstgeschichte erzählt, dann sagt sie immer Rokoko, mit Betonung auf der mittleren Silbe", mäkelte er. „Und dann rühmt sie sich noch und sagt: Ich weiß schon, die meisten Leute sagen ROkoko. Ich aber sage RokOko. Die geht mir ziemlich auf den Wecker!" Nun aber war gottlob der alte Zeichenlehrer wieder da. Paul Hess war gleich nach seinem Wiedererscheinen mit der ganzen Klasse zum Töllernkirchlein beim Dietlhofersee hinausgewandert und hatte sie das neben dem alten Leprosenhaus gelegene Gotteshaus zeichnen lassen. Wenig später kam dann die Pfarrkirche St. Pölten an die Reihe. Heinz, der einen

Kurs in Darstellender Geometrie als Wahlfach belegt hatte und noch seit den Zeiten von Professor Gustav Lutz, dem „Lutze", eine Vorliebe für perspektivisches Skizzieren hatte, fiel die Freihandzeichnung der klaren Baulinien nicht schwer. „Schön, wie sie das machen", lobte der Lehrer. „Sie scheinen eine gute Begabung für architektonisches Zeichnen zu haben". Einige Wochen später setzte Hess eine Schulaufgabe an. „Wir wollen das handhaben wie eine Abiturprüfung", sagte er, „eine Art Mini-Abitur. Ich stelle ihnen zwei Aufgaben zur Auswahl. Erste Aufgabe: eine Skizze oder eine Zeichnung zum Thema „der Bettler". Zweite Aufgabe: eine Darstellung der Töllernkirche, aus dem Gedächtnis. Suchen sie sich das aus, was ihnen besser liegt. Sie haben zwei Stunden Zeit". Heinz entschied sich für die Kirche, und er brachte auch eine leidlich dem Original entsprechende Zeichnung zustande. Der Baukörper bereitete ihm kaum Schwierigkeiten, wo er sich aber schwer tat, das war die Einbeziehung der landschaftlichen Umgebung und der Bäume neben dem Gotteshaus. Die mehr künstlerisch als geometrisch Begabten hatten in dem Bettler-Thema eine interessante Aufgabe zu bewältigen. Heinz bemerkte beim Abgeben am Ende der Prüfung, daß einige Mitschüler richtig schöne Kunstwerke auf ihren Zeichenblock gezaubert hatten. „Mensch, du hast ja ein tolles Bild gemacht", sagte er bewundernd zur Stock Gabi, dem kleinen schwarzhaarigen Persönchen aus Starnberg. „So etwas hätte ich nie fertig gebracht!" Sie hatte einen Bettler geschaffen, der mit einem Hut in der Hand Almosen heischend auf einer Kirchentreppe saß.

Nun galt es, den gesamten Unterrichtsstoff in den hauptsächlichen Prüfungsfächern zu repetieren. In Deutsch konnte man nicht viel machen, da würde ja wie jedes Jahr ein Aufsatz zu schreiben sein über irgend ein Thema, das man noch nicht wissen konnte. Er hatte sich eine Liste früherer Abiturthemen angesehen und war zu dem Schluß gekommen, daß die alle im Rahmen dessen lagen, was er sich zutrauen konnte. In Englisch war auch nichts anderes zu erwarten als die Übersetzung eines noch unbekannten Themas ins Deutsche. Er besorgte sich aber im Amerikahaus viele Texte aus der englischen und amerikanischen Literatur. Die las er durch, übersetzte einige davon und gab sie auch dem Sepp, mit dem zusammen er immer schon all die Jahre hindurch gelernt hatte, sei es bei sich zu Hause oder in Sepp's Junggesellenbude. Der Freund fertigte ebenfalls eine Übersetzung an. Anschließend verglichen sie beide Ausarbeitungen, diskutierten eingehend darüber und korrigierten so lange an dem deutschen Übersetzungsergebnis herum, bis sie glaubten, daß es auch stilistisch gut war und nicht nur die Worte, sondern auch den Sinn des Originaltextes richtig wiedergab. Mehr zu tun erschien ihnen wenig sinnvoll. Es galt ja auch, ökonomisch mit der zur Verfügung stehenden Zeit umzugehen. Am intensivsten bereiteten sie sich in Mathematik und Physik vor. Das war ihnen besonders wichtig, denn beide strebten ein Ingenieurstudium an der Technischen Hochschule an, und dafür waren gute Noten in den beiden Fächern unbedingte Voraussetzung. Sie lösten nahezu alle Matheaufgaben der beiden vorangegangenen Schuljahre noch einmal, und in Physik gingen sie alle Themen ebenfalls sehr gründlich durch. Eines aber taten sie nicht: sie vergruben sich nicht in der

Studierstube, wie das manche der Mitschüler praktizierten. „Mensch, da kann man doch nichts lernen, wenn man immer in der dumpfen Stube hockt", sagte der Sepp, nachdem sie einen Klassenkameraden besucht hatten. Der hatte doch glatt am hellichten Tag die Fensterläden in seinem Zimmer geschlossen, hatte das Licht angeknipst und büffelte verbissen vor sich hin. „Komm", sagte Heinz, „das Wetter ist so schön, wir gehen lieber zum Baden!" Sie holten ihre Fahrräder und fuhren hinaus zum Haarsee. Die Unterlagen hatten sie dabei, und sie fanden, daß man in der freien Natur wesentlich besser Mathe lernen konnte als in der Wohnung. Ab und zu legten sie eine Pause ein, schwammen einige Runden und kehrten dann erfrischt und locker zu ihrem Freiluft-Arbeitsplatz auf der Badedecke zurück. Auch bei Spaziergängen am Gögerl, dem Höhenrücken im Süden Weilheims, fragten sie sich gegenseitig aus und repetierten so ihren Lernstoff. Zu Hause am Bachlanger saßen sie viel auf dem Balkon mit einem Schulheft in der Hand. Bisweilen kamen auch andere Klassenkameraden dazu wie Walter Roemer oder Hans Tensi, und dann tauschten sie Erfahrungen und Fragen aus, berichtigten unterschiedliche oder fehlerhafte Hefteintragungen oder ergänzten auch ganze Passagen, die infolge von Schlamperei oder Abwesenheit in ihren Unterlagen komplett fehlten.

Dann kam die Stunde der Bewährung. Die ganze Woche durch, an fünf aufeinanderfolgenden Tagen, folgte ein Prüfungstermin dem anderen. Am Montag Deutsch, dann Religion, am nächsten Tag Mathematik, dann Englisch und zu guter Letzt am Freitag endlich Physik oder Chemie.

Leicht nervös, aber guter Dinge suchte er sich einen Platz im Prüfungssaal, begrüßte einige Mitschüler und wartete dann auf die Bekanntgabe der Themen für den Deutschen Aufsatz. Das Ministerium stellte ja immer acht oder neun Aufgaben zur Auswahl, aus denen aber die Schulleitung vorab schon einmal drei aussuchen mußte. Studienrat Wolfart erschien, gefolgt von einigen anderen Aufsichtspersonen aus dem Lehrerkollegium. Es kam Heinz vor, als sei er ein ganzes Stück nervöser als seine Prüflinge. Dann las er die drei ausgewählten Themen vor und schrieb sie gleichzeitig an die Tafel.

1.) Wie beurteilen Sie die Versuche der Neuzeit, den Menschenrechten im Leben der Völker Geltung zu verschaffen?

2.) Unsere Zeit fühlt sich stolz auf ihre Kräfte und doch hat sie Angst vor ihnen (Ortega y Gasset).

3.) Welche Aufgaben hat eine gute Zeitung im Leben der Gegenwart zu erfüllen?

Das waren nicht ganz die Themen, in denen Heinz sich stark fühlte. „Ob er da im Lehrerkollegium von den anderen über den Tisch gezogen worden ist", überlegte er. „Bei so vielen verschiedenen Vorschlägen wäre doch bestimmt auch was konkreteres dabei gewesen, oder irgend etwas, was wir schon einmal behandelt haben!" Er entschied sich für die dritte Aufgabe. Das schien die leichteste zu sein. Vier Stunden hatten sie Zeit. Die Arbeit ging ihm flüssig von der Hand, aber er war nicht mit der gleichen Freude bei der Sache, die ihn sonst beim Verfassen eines Aufsatzes erfüllt hatte. Er merkte, daß er noch nie über das Zeitungswesen nachgedacht hatte und daß ihm auch überhaupt die Aufgaben einer Zeitung ziemlich egal waren. So schrieb er lustlos und mechanisch vor sich hin. Nach dreieinhalb Stunden war er fertig. Aufatmend legte er den Füller zur Seite. Er wollte damit beginnen, das Werk noch einmal durchzulesen, bemerkte aber, wie eine Mitschülerin, mit der er gut befreundet war, ihre Arbeit abgab. Es war seine Banknachbarin aus dem Chemieunterricht, diejenige, von der ihn der Bui-Bui mit der zwar unfairen, aber zutreffenden Bemerkung hatte wegsetzen wollen: „weil man die zwei auch außerhalb des Unterrichts immer zusammen sieht". Er verspürte den Wunsch, mit dem Mädchen zu sprechen, bevor sie nach Hause fuhr, und er entschloß sich spontan, ebenfalls abzugeben. „Es wird schon alles richtig sein", dachte er, „das brauche ich nicht noch einmal alles durchzugehen!" Er nahm die zwei Bögen mit den zweimal vier A4-Seiten, vergewisserte sich, daß auch sein Name überall draufstand, ging nach vorne zum Bubi und sagte: „Ich bin fertig, Herr Professor, ich möchte abgeben". Der war ein wenig irritiert und sagte: „Sie haben aber noch fast eine halbe Stunde Zeit. Sind sie denn sicher, daß alles in Ordnung ist? Wollen sie nicht lieber alles noch einmal durchsehen?" Er aber antwortete selbstsicher: „Ist alles klar, ich bin wirklich fertig." „Na gut", sagte der Bubi und sah ihn zweifelnd an, „wie sie meinen. Dann geben sie halt her". Er rannte die Treppen hinunter und erreichte das Mädchen gerade noch vor dem Schultor. Wann denn ihr Zug gehe, und ob sie denn schon heimfahren wolle, fragte er sie, und ob sie vielleicht ihr Badezeug dabei habe, man könne doch am Dietlhofersee zum Schwimmen gehen. Sie hatte tatsächlich den Badeanzug in ihrer Aktentasche. Sie habe sowieso vorgehabt, vor der Heimfahrt noch an den See zu gehen. Er trug seine Badehose ohnehin am Leib, und so stand einem Ausflug der beiden an den beliebten Badesee nichts im Wege. Im Anschluß brachte er sie noch zum Bahnhof, bevor er endlich nach Hause ging, wo ihn die Mutter mit den Worten empfing: „wo bleibst du denn so lange, das Essen ist längst kalt geworden. Ich hab' gedacht, die Prüfung ist mittags zu Ende. Wie ist es dir denn gegangen?" „Weiß nicht", antwortete er einsilbig, „ich glaub', ganz gut". Insgeheim hegte er aber Zweifel, ob seine Ausarbeitung wirklich was taugte. Vielleicht hätte er doch lieber das Ortega-Zitat nehmen sollen? Oder sein Elaborat noch einmal durchlesen und überarbeiten? Das Relix-Abitur fand für beide Konfessionen gleichzeitig und im gleichen Saal statt, wenn auch mit verschiedenen Aufgabenstellungen. Heinz wollte zwar auch in Religion eine annehmbare Note erreichen, aber so richtig ernst nehmen konnte er die Prüfung trotzdem nicht. Damit stand er nicht allein, weil sogar die beiden Religionslehrer der Meinung waren, Religion als Abiturfach sei überholt, ein Unding in der beginnenden zweiten Hälfte des zwanzigsten Jahrhunderts. Wie um diese Ablehnung zu demonstrieren, standen Studienrat Kriener und Dekan Breit nahezu während der gesamten Prüfungszeit am Fenster, schauten ostentativ nach draußen oder unterhielten sich gedämpft miteinander, so daß man jederzeit abschreiben oder sonstigen Unterschleif hätte begehen können. Aber das war gar

nicht nötig. Heinz stellte zu seiner Überraschung fest, daß das Thema fast bis ins Detail identisch mit einer Fragestellung war, die sie erst vor kurzem als Schulaufgabe hatten lösen müssen. Vielleicht verfügte der Beni über einen guten Draht zu den maßgeblichen Stellen im Ordinariat oder im Kultusministerium und hatte so schon im voraus Einblick in die Aufgaben nehmen können. Clever und durchtrieben genug war er ja, und Heinz leistete ihm heimlich Abbitte für so manche Respektlosigkeit, die er dem Kirchenmann gegenüber an den Tag gelegt hatte. So hatte er ihn erst vor kurzem in einer Diskussion über das Verhältnis zwischen Katholizismus und Protestantismus mit dem Einwurf provoziert, der Unterschied zwischen den beiden christlichen Religionen sei doch gar nicht der Rede wert. Als aber der Beni erwartungsgemäß angefangen hatte, die Hauptunterschiede aufzuzählen, hatte er ihn unterbrochen mit der Feststellung, er kenne die Details sehr wohl. Es gehe ihm nicht um den absoluten, sondern um den relativen Unterschied zwischen beiden Konfessionen. Der sei aber in der Tat fast Null, eine vernachlässigbare Größe. Und nach einer kleinen, aber wohlberechneten Pause hatte er hinzugefügt: „Jedenfalls gemessen am Gesamtirrtum!". Kriener aber hatte ganz ruhig geantwortet, das sei alles eine Sache des Glaubens. Der Glaube aber sei eine göttliche Gnade, die zwar jedem zuteil werde, die man aber annehmen oder ablehnen könne, denn der Mensch sei, wiederum durch Gottes Gnade, mit einem freien Willen ausgestattet und könne wählen, welchen Weg er gehen wolle. Das gelte selbstverständlich auch für ihn. „Der Schuß ist aber gewaltig nach hinten losgegangen", hatte Sepp Kees diese Niederlage anschließend kommentiert, „da warst du eindeutig auf der Verliererseite", und auch der einzige Konfessionslose, der „Gottgläubige", der immer als stummer Zaungast anwesend war, hatte nach dieser denkwürdigen Stunde seinen Senf dazugegeben, indem er sagte: „Alle Hochachtung! Eins zu Null für den Beni. Der hat dir ganz schön herausgegeben!"
Heinz hatte nach diesem Prüfungstag immerhin das Gefühl, daß ihm die erste glatte Eins im Abs sicher war, wenn auch in einem weniger wichtigen Fach. Der nächste Tag aber, das war ein Schicksalstag! Mathematik war zwar sein Lieblingsfach, und seit Doktor Krammer ihr Mathelehrer geworden war, hatte er auch immer sehr gute Lernerfolge gehabt. Aber man konnte ja nie wissen, welche Fallstricke in solchen Prüfungsaufgaben verborgen waren. Drei Stunden, die entscheidend sein konnten für seinen Berufsweg! An der Technischen Hochschule gab es ja eine Aufnahmebegrenzung für das Ingenieurstudium, eine Art numerus clausus, und da waren die Noten in Mathematik und Physik ausschlaggebend. Mindestens mit „Gut" mußte man abschneiden. Das machte ihn nervös trotz guter Ergebnisse im Jahresfortschritt, die ja für die Endnote auch zählten. Als er dann aber das Blatt mit den Aufgaben zu Gesicht bekam, war er erleichtert. Fünf Aufgaben waren dem Prüfungsausschuß zur Auswahl gestellt worden, und der hatte zwei davon zur Bearbeitung bestimmt, eine aus der Analytischen Geometrie und eine aus der Infinitesimalrechnung. Beide waren zwar nicht ganz leicht, lagen aber im Rahmen dessen, was sie auch während des Unterrichts behandelt hatten. Der Binom hatte eine gute Wahl getroffen! Heinz hatte gar keine Schwierigkeiten mit der Lösung.

Dennoch wurde ihm die Zeit knapp, denn außer den mathematisch-formalen Ableitungen und der Berechnung der Ergebnisse stand auch die Zeichenarbeit an. Es war zwar nicht schwierig, eine Hyperbel zu konstruieren und aufs Papier zu bringen, aber zeitaufwendig war es allemal. Er wurde in den drei Stunden mit knapper Not fertig. Sogar einen fatalen Rechenfehler entdeckte er beim nochmaligen Überprüfen. Den konnte er gerade noch rechtzeitig mitsamt seinen Folgeauswirkungen korrigieren, bevor der Krammer anfing, die Prüfungsbögen einzusammeln. Weil die Verbesserung des vermaledeiten Zahlenfehlers auch Auswirkungen auf die Zeichnungen hatte, bot das entsprechende Blatt zwar keinen besonders ästhetischen Anblick, aber richtig war alles, dieses beruhigende Gefühl hatte er, wenn auch wie immer bei Prüfungen eine letzte Unsicherheit blieb. Er verharrte einige Zeit auf seinem Hocker im Zeichensaal. Die Prüfung hatte ihm doch mehr zugesetzt, als er sich zunächst eingestehen wollte, wohl weil diesmal mehr auf dem Spiel stand als bei allen bisherigen Examina. Der Sepp kam zu ihm und wollte wissen, wie es ihm ergangen sei. Er schien ebenfalls alles richtig gemacht zu haben, ebenso Walter Roemer und Hans Tensi, die alle auch an die TH wollten. Auch Freund Denninger hatte ein gutes Gefühl, und so konnten sie nach einigem Diskutieren und Palavern einigermaßen zufrieden den Heimweg antreten nach diesem folgenschweren Mittwoch Vormittag.

Die Englischarbeit am nächsten Tag kam ihm recht leicht vor. Die kleine Abhandlung von T.S.Elliot über die Einheit der europäischen Kultur barg keine besonderen Schwierigkeiten, zumal zwei etwas ungebräuchliche Ausdrücke in entsprechenden Fußnoten erklärt waren. Die Problematik lag vielmehr darin, den übersetzten Text in ein flüssiges, gut lesbares und dem Niveau des Originals ebenbürtiges Deutsch zu verwandeln. Er hatte das Gefühl, das auch einigermaßen gut hingekriegt zu haben in den völlig ausreichenden eineinhalb Stunden Prüfungszeit.

Am Nachmittag radelte er dann mit dem Sepp zum Dietlhofersee hinaus, zur sogenannten Halbinsel an dessen ungepflegter Südspitze, wo man wie eh und je keinen Eintritt bezahlen mußte. Dort lagen sie auf dem feuchtweichen Untergrund des teilweise unterhöhlten, nachgiebigen und bei jedem Schritt schwappenden Ufers und rekapitulierten aus dem Gedächtnis ein paar schwierige Kapitel aus dem Physikunterricht. Zwischendurch nahmen sie immer wieder ein erfrischendes Bad in dem etwas moorigen Wasser. Das war eine recht entspannte Art zu Lernen. Auf dem Nachhauseweg, als sie beim Bräuwastl vorbeikamen, sahen sie Christian von Heeren, den alten Schulfreund aus Rottenbuch, vor dem Hoteleingang stehen. Der hatte inzwischen sein Studium des Brauereiwesens in Weihenstephan aufgenommen und absolvierte gerade ein Praktikum bei der hiesigen Brauerei. Sie hatten den „Krischan" lange nicht gesehen. „Mensch", begrüßte er sie, „wie geht's euch denn, was treibt ihr denn so? Seid ihr immer noch auf der Schule?" Sie erzählten, daß sie gerade mitten im Abitur stünden und daß sie morgen den letzten Prüfungstag hätten, in Physik beim Professor Münzberg. „Beim Frosch", erinnerte sich der Freund, „der mit dem grünen Anzug, der immer so ein bißchen wie in der k.u.k. Donaumonarchie geredet hat?" Sie klärten ihn auf, daß der Münzberg im Gegensatz zu früher neuerdings in einem feinen hellen Kammgarnanzug in den Unterricht komme. Er habe nämlich eine hübsche junge Freundin, eine frühere Schülerin sogar. Die sei nur halb so alt wie er, die werde er vermutlich heiraten, und deshalb müsse er wohl einige seiner Junggesellenmarotten ablegen. Von Heeren interessierte sich lebhaft für derlei Neuigkeiten. „Da müßt ihr mir mehr darüber erzählen", sagte er. „Was gibt's denn sonst noch Neues? Kommt's halt herein, trinken wir ein Bier miteinander". Heinz meinte zwar, sie hätten doch morgen Prüfung und wollten abends beim Sepp noch einmal den ganzen Stoff durchgehen, aber der Christian wischte alles vom Tisch mit der Bemerkung: „Also, wenn ihr's bis jetzt nicht drin habt im Kopf, dann könnt ihr's gleich bleiben lassen! Das Lernen in letzter Minute bringt doch jetzt auch nichts mehr! Geht's weiter, kommt's rein! Ich lad' euch zu einer Maß Bier ein! Das könnt ihr einem alten Freund doch nicht abschlagen!" Da wollten sie nicht nein sagen, und so kam es, daß sie am Abend vor der letzten Abiturprüfung im Bräuwastl beim Bier saßen und wie alte Männer vergangene Schulzeiten Revue passieren ließen.

Vor Physik hatte er eigentlich noch weniger Angst als vor Mathematik. Er hatte das Fach immer schon gerne gemocht, sie hatten von Anfang an den Frosch als Lehrer gehabt, an den er sich gewöhnt hatte, er hatte sich immer mit großem Interesse am Unterricht beteiligt, und überhaupt war es in seinen Augen die Krönung der Naturwissenschaften, interessant, exakt, leicht verständlich und gänzlich mit mathematischen Methoden zu erfassen. Dennoch ging er am nächsten Tag mit etwas gemischten Gefühlen in die Schule, vielleicht auch nur, weil es der letzte Prüfungstag war in dieser anstrengenden Woche. Um den Anschein von Unbekümmertheit zu wahren, dachte er sich eine Clownerie aus. „Den Flachmann, kannst du mir den Flachmann auswaschen", sagte er zur Großmutter, und auf ihre erstaunte Frage, was er denn mit dem Schnapsbehälter wolle, sagte er: „Da tu ich jetzt einen Cognac hinein, und wenn die Prüfung vorbei ist, dann sauf' ich die Flasche leer!" Erstaunt erfüllte sie seine Bitte, nicht ohne kritisch zu vermerken: „Also sowas hätt's zu meiner Zeit ned geb'n! Da war man noch mit einem größeren Ernst bei der Sache! Aber wenn's dem Esel zu wohl wird, dann geht er auf's Eis". „Ja, ja, ist schon recht, Großmutti", sagte er und verstaute das Fläschlein in seiner Hosentasche. Dann suchte er noch den übergroßen Bleistift heraus, die Schaufensterattrappe von Faber-Castell, die einst in der Auslage des Münchener Schreibwarenladens der Großmutter die Blicke der Vorübergehenden auf sich gezogen hatte, und verstaute das Schmuckstück außen unter dem Riemen seiner Aktentasche. Die Mutter meinte zwar, er solle sich doch nicht lächerlich machen, es sei ja nicht Fasching. Er ließ sich aber nicht beirren, befestigte alles auf dem Gepäckträger seines Fahrrads und machte sich auf den Weg zur Schule. Der erwartete Gaudi-Effekt blieb aber aus. Weder seine Freunde noch gar die Lehrer zeigten besonderes Interesse, als er den Riesenbleistift vor sich auf den Tisch legte, und die Schnapsbuddel ließ er vorsichtshalber lieber gleich in der Hosentasche.

Dann war es so weit. Die aufsichtführenden Lehrer verteilten sich im Zeichensaal. Doktor Münzberg forderte die Schüler auf, die weit auseinander liegenden Plätze einzunehmen. Dann nahm er feierlich den dicken versiegelten Umschlag zur Hand, in welchem die vom Kultusministerium festgelegten Prüfungsaufgaben auf ihre Verteilung warteten. Er öffnete das Paket und holte erwartungsvoll den Inhalt heraus. Dann aber rang er hörbar nach Luft. Mit fassungsloser Miene winkte er einen seiner Kollegen heran, redete aufgeregt auf ihn ein und zeigte ihm eines der Blätter. Der andere schien ebenfalls zu erschrecken. Aufgeregt versammelte sich nun die ganze Aufsichtsmannschaft um den Umschlag. Tuschelnd standen sie beisammen, Ratlosigkeit schien sich breitzumachen. Staunend sahen's die Schüler. „Da stimmt was nicht", dachte Heinz, aber was wirklich los war, erfuhren sie erst nach geraumer Zeit. „Bleiben sie auf ihren Plätzen und bewahren sie Ruhe", sagte der Frosch. „Wir haben ein Problem. Aber das werden wir gleich lösen!" In dem Umschlag seien keine Physikaufgaben enthalten, sondern die Aufgaben aus der Chemie. Vermutlich sei einfach eine Verwechslung passiert. Wahrscheinlich seien die Unterlagen für Physik versehentlich bei dem Kollegen Doktor Ströbl gelandet. „Die fangen ja auch gerade an", meinte er hoffnungsvoll. „Wir werden das klären und die Aufgaben austauschen. Wenn sie sich noch ein paar Minuten gedulden. Gleich bekommen wir die richtigen Prüfungsblätter, dann geht's weiter". Es sei aber niemandem erlaubt, seinen Platz zu verlassen. „Mensch, das ist ja lustig", äußerte sich der Sepp, der nicht weit entfernt in der übernächsten Reihe saß. „So eine Schlamperei dürfte eigentlich nicht vorkommen". „Ministerialbeamte halt, das sind doch sowieso Deppen", antwortete Heinz. „Ruhe bitte", sagte eine Aufsicht, „sie dürfen sich jetzt nicht unterhalten". Auf die spöttische Frage, ob denn die Prüfung schon begonnen habe, blieb eine Antwort aus. Nach einem intensiven Palaver mit Doktor Ströbl stellte sich der Frosch wiederum vor den Bankreihen seiner Physikprüflinge auf, sichtlich ratlos und offenbar unverrichteter Dinge. „Die haben auch eine Chemieaufgabe bekommen", verkündete er, und man sah ihm an, daß er überaus verunsichert war. „Der Fehler liegt eindeutig nicht bei uns, sondern bei der Ministerialbehörde". „Was hab' ich gesagt", meinte Heinz, „Ministerialdeppen!" „Du hältst deinen Mund", rügte ihn Münzberg, „jetzt ist keine Zeit für dumme Witze!" Man werde mit dem Ministerium telephonieren. Sie sollten sich ruhig verhalten. Keiner dürfe den Raum verlassen. Es werde abgeschlossen, die Aufsichten blieben hier. Sie dürften sich aber miteinander unterhalten. Damit verschwand er unter Mitnahme der falschen Unterlagen nach draußen. Nun verließen alle ihre Plätze. Aufgeregt und in kleinen Grüppchen standen sie zusammen und diskutierten. Einer meinte, es sei eigentlich unzumutbar, wenn man unter solchen Umständen eine Prüfung schreiben müsse. „Vielleicht bringen sie ja gar keine Aufgabe her", mutmaßte ein anderer. „Dann müssen sie eben jedem eine Eins geben, ohne Prüfung", ulkte ein dritter. Gerhard Bitterauf, der Sohn des Weilheimer Notars, mußte eigentlich wenig Angst haben, weil er in Physik eine Koryphäe war. Der mischte sich jetzt auch ein und sagte beruhigend: „Jetzt wartet halt erst einmal ab. Die kriegen die Unterlagen bestimmt bald her, und wenn sie einen Kurier schicken aus München". Heinz saß etwas abseits, holte seinen Flachmann hervor und genehmigte sich einen guten Schluck Cognac. Keiner der Aufseher hatte in dieser Ausnahmesituation etwas daran auszusetzen. Nach langer Zeit erschien Professor Münzberg wieder und berichtete, es sei sehr schwierig gewesen, im Ministerium überhaupt einen Ansprechpartner ausfindig zu machen. Nun habe man aber einen Zuständigen gefunden. Der müsse sich noch mit seinem Vorgesetzten beraten und wolle danach wieder anrufen. Man müsse jetzt abwarten. „Bleibt's er ganz ruhig", sagte er. Er werde laufend berichten. Sie mußten warten. Sie warteten eine halbe Stunde, sie warteten eine Stunde, sie warteten anderthalb Stunden. Dann endlich, nach nahezu zwei Stunden, kam der Frosch mit der erlösenden Nachricht: „Gleich haben wir's geschafft!" Der Prüfungstext sei telephonisch übermittelt worden. Er habe alles mitgeschrieben und anschließend aus mehreren zur Auswahl stehenden Themen die beiden am besten geeigneten ausgewählt. Das Sekretariat tippe nun eine Reinschrift auf der Schreibmaschine. Es müsse nur noch alles hektographiert werden, dann könne man die Aufgaben endlich verteilen. „Und auch die Schüler, welche in Chemie geprüft werden, können dann anfangen", schloß er seine Rede. Warum die auch so lange warten mußten, obgleich ihre Prüfungstexte ja vorhanden waren, blieb das Geheimnis der Ministerialbürokratie. Die Prüfung selber verlief dann – nach Ausbesserung von zwei Tippfehlern - ohne weitere Schwierigkeiten. Es waren zwei Aufgaben, eine aus der Mechanik und eine aus dem Gebiet der elektrischen Schwingungen. Bei der Mechanikaufgabe hatte Heinz allerdings Schwierigkeiten mit der Berechnung eines Energiepotentials, und er war sich nicht sicher, ob er bei diesem Unterpunkt tatsächlich den richtigen Lösungsansatz gefunden hatte. Die Schwingungsaufgabe fiel ihm dafür um so leichter, weil in einem Beitrag in der Zeitschrift „Orion", die er seit Jahren abonniert hatte, vor gar nicht allzu langer Zeit haargenau diese Problematik behandelt worden war. Das konnte er alles ohne viel Überlegung sofort hinschreiben und mit schönen Skizzen auch informativ illustrieren. Am Ende hatte er das beruhigende Gefühl, in dieser für ihn wichtigen Disziplin trotz der widrigen Begleitumstände einigermaßen gut abgeschnitten zu haben.

Erleichtert, wenn auch erschöpft, schwang er sich auf sein Fahrrad und fuhr nach Hause, wo ihn die Mutter mit den Worten empfing: „Ich habe mir Sorgen gemacht, wo du so lange bleibst. Bist du denn wieder zum Baden gefahren? Die Prüfung kann doch nicht so lange gedauert haben". Er antwortete: „Beim Baden war ich nicht, aber beinahe wären wir alle baden gegangen bei dieser Abs-Aufgabe", und er erzählte ihr die ganze Geschichte haarklein, und daß er froh gewesen sei um das Fläschchen mit dem Cognac. Die Großmutter mochte die Moritat zuerst gar nicht glauben. „Geh, mach koane Pflanz", war ihre erste Reaktion, „sowas gibt's doch gar ned, daß bei einer Prüfung die Aufgaben ned da san!" Als er aber beteuerte, es sei alles so gewesen, wie geschildert, fand sie nur die Worte: „Also, da fehlt's ja vom Boa weg, bei dene Beamten im Ministerium! Was heutzutag' für Schlampereien einreißen! So was hätt's zu unserer Zeit wirklich ned geb'n!"

Ausklang

Nicht alle Klassenkameraden hatten dem Druck der bedrohlich näherrückenden Abschlußprüfung standhalten können. Vielen war es zunächst gar nicht aufgefallen, daß eines Tages einer nicht mehr zum Unterricht erschienen war. Es kam ja immer einmal vor, daß man wegen Krankheit vorübergehend abwesend war. Als der Mitschüler aber nach zwei Wochen immer noch nicht erschienen war und auch keiner der Lehrer seine lange Abwesenheit kommentieren wollte, begann die Gerüchteküche zu brodeln. „Der ist von zu Hause abgehauen", sagte einer, „nach dem sucht die Polizei". Heinz mochte es nicht glauben. „Der ist doch ein guter Schüler", sagte er. „Der wär' ja schön blöd, wenn er im Abiturjahr die Flinte ins Korn werfen würde!" Aber es war tatsächlich so. Der Bubi lüftete das Geheimnis. Der Schüler sei unter Mitnahme einer wertvollen Briefmarkensammlung, die er zu Geld machen wollte, verschwunden. Man habe ihn polizeilich suchen lassen, und er sei in Hamburg aufgegriffen worden, kurz bevor er ein Schiff nach Südamerika habe besteigen können. Nach Argentinien habe er gewollt, wo gerüchteweise ein Onkel von ihm lebe. Und Wolfart schloß mit den Worten: „Nächste Woche erscheint er wieder zum Unterricht. Ich bitte sie, sich nichts anmerken zu lassen und ihn nicht mit Fragen zu verunsichern. Wir sollten ihm die Rückkehr in den schulischen Alltag nicht unnötig erschweren!" Diese Mahnung befolgten sie denn auch, und der Heimkehrer nahm wieder am Unterricht teil, als sei nichts gewesen. Nach einiger Zeit verschwand er aber wieder. Er wechselte an ein Gymnasium nach Hessen, und der größte Witz war, daß er die Reifeprüfung noch vor seinen bisherigen Mitschülern ablegte, weil in dem benachbarten Bundesland die Prüfung einige Wochen früher stattfand als in Bayern.

Auch ein anderer Klassenkamerad hatte einen Schulkoller bekommen. Er hatte sich mit nahezu allen Lehrern angelegt und war dann nach einigen lautstarken Auseinandersetzungen wochenlang nicht mehr zum Unterricht erschienen. In Absprache mit dem Bubi und einigen anderen Lehrern nahmen sich Sepp und Heinz ihres Freundes an. Sie besuchten ihn zu Hause. Er lag auf einer Matratze und versicherte, er habe die Schnauze voll von dem ganzen Schulbetrieb. Er werde nicht mehr zum Unterricht kommen und sich von den Lehrern blöd anreden lassen, da könnten sie noch so viel auf ihn einreden. Die ratlose und verzweifelte Mutter bat die beiden, in ihren Bemühungen nicht nachzulassen, sie selber sei am Ende ihrer Möglichkeiten angelangt. Nach einigen Wochen gelang es den beiden, ihren Freund wenigstens so weit zu bringen, daß er mit ihnen zusammen das nachholen wollte, was er inzwischen versäumt hatte. Nun kamen sie beinahe täglich und paukten mit ihm den Lehrstoff der Prüfungsfächer durch. Das war eine gute Gelegenheit auch für sie selber, alles noch einmal zu repetieren nach dem Motto: „Nur was du verstanden hast, kannst du auch andere lehren!" Nach einiger Zeit erschien er auch wieder im Unterricht, es schien alles gut zu laufen. Auch zu den Abiturprüfungen trat er an, aber am fünften Tag, als Physik an der Reihe war, glänzte er durch Abwesenheit. Da konnten sie ihn nun freilich nicht von zu Hause abholen, und so hatte er also das Abitur „geschmissen". Wenig später kam er aber dann doch zur Einsicht. Ein Arzt bescheinigte ihm eine vorübergehende seelische Störung, und so konnte er die Prüfung nach Ablauf eines halben Jahres doch noch ablegen. Er bestand sie auch mit gutem Erfolg.

Die Prüfungen waren zwar vorbei, aber noch war das Schuljahr nicht zu Ende. Allerdings war die Anspannung weg. Manche Klassenkameraden warteten ängstlich auf irgendwelche Hinweise von Seiten der Lehrer über ihr Abschneiden, aber da kam nichts, zum mindesten nicht coram publico. Unter vier Augen wurden aber durchaus Gespräche geführt. Heinrich Wolfart jedenfalls nahm ihn am Ende einer Unterrichtsstunde beiseite und sagte: „Staudinger, wir haben's geschafft. Ich habe mich im Kollegium sehr für sie eingesetzt, und sie haben dort auch noch andere Fürsprecher gefunden". Heinz war total überrascht. Er konnte sich nicht vorstellen, in welcher Angelegenheit sich der Bubi für ihn stark gemacht haben könnte. „Wofür haben sie sich denn eingesetzt", fragte er. „Es gibt doch gar keine Probleme". „Na, sie sind gut", sagte der Lehrer, „in Deutsch natürlich. Ihr Aufsatz war ja nicht besonders geschickt aufgebaut und inhaltlich sehr einseitig. Das müßten sie aber eigentlich selbst wissen. Sogar ein paar völlig überflüssige Rechtschreibfehler sind drin. Das rührt natürlich daher, daß sie leichtsinnigerweise viel zu früh abgegeben haben. Das war doch völlig unnötig, und was sie sich dabei gedacht haben, ist mir schleierhaft! Zum Glück haben sie ja im Jahresfortgang durchwegs gute Noten, aber im Ergebnis gibt's dann eben doch nur eine Drei im Abiturzeugnis". „Ja und", fragte Heinz. „Das ist doch nicht so schlimm. Das genügt doch. Es darf nur kein Vierer sein, das ist die Grenze, dann würde ich nicht aufgenommen auf der TH". „Also, Ehrgeiz ist wohl ein Fremdwort für sie", entrüstete sich der Bubi. „Nun reißen sie sich doch bitte zusammen! Sie waren ja immer exzellent in Deutsch, haben immer gut formuliert. Das sollte sich doch auch im Abschlußzeugnis widerspiegeln. Ich habe deshalb dafür plädiert, daß sie ins Mündliche kommen, und die Kommission hat zugestimmt". Heinz war wie vor den Kopf gestoßen. Ins Mündliche, und noch dazu in Deutsch! Das hieß Kenntnisse in Literaturgeschichte unter Beweis stellen, Stilrichtungen benennen können, Dichter und Schriftsteller zitieren. Das hieß, sich hinzusetzen und zu büffeln, um sich all das anzueignen, was ihm an Wissen fehlte. Das war ja überhaupt nicht zu schaffen in der kurzen Zeit bis zur mündlichen Prüfung. „Nein", sagte er. „Nein, ins Mündliche will ich nicht. Ich bin zufrieden mit einem Dreier im Abszeugnis!" Dem Bubi entgleisten sichtbar alle Gesichtszüge. „Also, sie blamieren mich ganz schön mit ihrem Desinteresse", sagte er verärgert. „Das macht einen denkbar schlechten Eindruck bei der Prüfungskommission, für uns beide. Haben sie sich das auch gut überlegt? Ist das ihr letztes Wort?" „Ja", antwortete er, „Ich will nicht ins Mündliche. Lassen wir's bei dem Dreier!" „Wie sie wollen", entgegnete der Lehrer. „Es wäre eine Chance für sie gewesen". Resigniert wandte er sich ab und ließ seinen Schüler grußlos stehen. Heinz blieb etwas ratlos zurück. Ob er doch ja hätte sagen sollen? Einerseits tat ihm der Bubi leid. Er konnte verstehen, daß der sich durch seine Weigerung brüskiert fühlen mußte. Andererseits war er fest davon überzeugt, daß er durch noch so große Anstrengungen nie so viel in der mündlichen Prüfung hätte herausholen können, daß er im Endergebnis auf eine Zwei gekommen wäre. Der Deutschlehrer schätzte da wohl seine Kompetenz in Literaturgeschichte viel zu hoch ein. „Es hätte nichts genützt für die Benotung, und der Bubi wäre danach genauso blamiert gewesen", erklärte er seiner Mutter, nachdem er ihr die ganze Misere geschildert hatte.

Er hatte jetzt einfach abgeschaltet nach dem vorangegangenen Prüfungsmarathon. Das bekam auch ein anderer Lehrer zu spüren. Walter Fürnrohr war neben den beiden Mathematikern Dieter Gnilka und Heinrich Biener der dritte in der Riege der jungen Studienassessoren, die im vergangenen Jahr neu an die Schule gekommen waren. Er war für Deutsch, Geschichte und Erdkunde zuständig, aber in der Abiturklasse gab er nur ein Nebenfach, nämlich Sozialkunde. Das war für Heinz und einige seiner Freunde sowieso etwas völlig Unwichtiges, vielleicht von der amerikanischen Besatzungsmacht als Instrument der Reeducation an den Schulen etabliert, wie sie argwöhnten. Sie hegten eine intensive Abneigung gegen alles, was nach Umerziehung roch. Deshalb war auch der in diesem Jahr neu erschienene Studienrat Werminghaus auf eisige Ablehnung gestoßen. Den hatten sie zwar nicht als Lehrer bekommen, aber er hatte einmal aushilfsweise eine Vertretung übernommen und dabei mit seinem amerikanisch gefärbten Emigrantendeutsch versucht, ihnen die Grundsätze der amerikanischen Verfassung nahezubringen. Die sei die freiheitlichste der Welt und daher allen Staaten als Vorbild zu empfehlen. „Vielleicht war der nach dem Krieg Vernehmungsoffizier in einem Interrogation-Camp", mutmaßte Sepp Kees, und diese Meinung spiegelte exemplarisch die tief verwurzelte Ablehnung wider, welche viele Menschen derartigen Erziehungsversuchen gegenüber empfanden. Damit stand auch der Fürnrohr von vornherein auf verlorenem Posten mit seinen Bemühungen, ihnen die Institutionen und Regeln für ein funktionierendes demokratisches Gemeinwesen näherzubringen. Da nützte es auch nichts, daß er sportlich war, ein guter Geräteturner wie auch sein Kollege Gnilka. Der Sepp, der ihn vom Turnen her sogar näher kannte, bemängelte: „Jetzt hat er mir in der Turnriege das Du angeboten und meint, daß er dadurch punkten kann. Aber so etwas muß doch wachsen, das kann man nicht bloß so hopplahopp einführen wollen. Da will er sich bloß anbiedern!" In anderen Klassen war der Neue allerdings ungemein beliebt, in der Abiturklasse aber brachte er kein Bein auf den Boden. Jetzt versuchte er, die nach der Prüfungswoche abgeschlaffte Mannschaft durch eifrig praktizierte Unterrichtsaktivitäten noch nachträglich für das ungeliebte Fach zu begeistern. „Wir schreiben einen Aufsatz", verkündete er und fuhr fort: „Das Thema lautet: Welchen Sinn sehen Sie im Sozialkundeunterricht?" Heinz meldete sich zu Wort. Ob das denn wirklich sein müsse? Das Schuljahr sei ja wohl zu Ende, es ergebe doch keinen Sinn, jetzt noch einen Aufsatz zu schreiben. Fürnrohr parierte den Angriff und sagte, er hoffe doch, ein intelligenter Mensch wie er bringe so viel Interesse auf, daß er auch noch nach Abschluß des regulären Unterrichts seine Meinung zur Sozialkunde formulieren könne und wolle. Dann verteilte er die Blätter. Nach dieser symbolischen Ohrfeige wollte ihm Heinz unbedingt eins auswischen. In nur zwei kurzen, aber treffenden Sätzen wollte er dem Lehrer seine ganze Geringschätzung möglichst wirkungsvoll unter die Nase reiben. Im Unterschied zu dem bekannten Spruch Senecas: „Non scolae, sed vitae discimus - nicht für die Schule, sondern für das Leben lernen wir", habe der Sozialkundelehrer mit der Zumutung, nach dem Abitur einen solchen Aufsatz für ein ohnehin überflüssiges Fach schreiben zu lassen, das genaue Gegenteil unter Beweis gestellt. „Non vitae, sed scolae discimus", das sei offenbar seine Devise. Um auch ganz sicher zu gehen, daß der lateinische Text fehlerfrei war, fragte er noch Franz Pöttig, der schräg hinter ihm saß, nach dem genauen Wortlaut des Zitats. Der wußte ja immer alles und war auch in Latein der Beste. Dann faltete er aus dem beschriebenen Blatt einen Papierflieger und warf ihn nach vorne, dem Fürnrohr vor die Füße. Der aber ließ sich nicht provozieren. Er hob den Flieger auf, entfaltete ihn und legte das etwas zerknüllte Blatt Papier ohne weiteren Kommentar auf dem Pult ab. Eine Woche danach, bei der Besprechung des Aufsatzes, landete er dann den Gegenschlag. Er hielt das bewußte, immer noch zerknitterte Aufsatzblatt mit spitzen Fingern in die Höhe, ganz so, als sei es etwas Ekelerregendes, und sagte: „Was sie geschrieben haben, Staudinger, ist ja ganz witzig, aber leider ist es nicht auf ihrem eigenen Mist gewachsen!" Offenbar hatte er die Frage an Franz Pöttig mitbekommen und war dadurch zu der Meinung gelangt, die provokante Idee insgesamt sei nur eingesagt worden. Möglicherweise tat er ja auch nur so, um Heinz bloßzustellen. Der fühlte sich jedenfalls arg blamiert vor der Klasse und ärgerte sich über die Geringschätzung seiner geistigen Fähigkeiten. Er beließ es aber bei dem Irrtum, denn der Versuch einer Richtigstellung wäre in dieser Situation nur noch peinlicher gewesen.

Was sie aber alle drei nicht wußten, war dies: Nicht die bekannte und oft zitierte erste Textversion stammte von Seneca, sondern die zweite, von Heinz verdrehte. Was er, wie er glaubte, als geistreichen Scherz und Gag durch Umstellen der Wörter konstruiert und neu erfunden hatte, das war das Originaltzitat Senecas. Eifrige Pädagogen hatten aber seit Generationen diesen Text ihrerseits verdreht, zur Rechtfertigung des jeweiligen Schulsystems, so daß alle Welt seither die Fälschung für das Original hielt.

Heinz und seinen Freunden fehlte in diesen letzten Tagen ihres Oberschuldaseins die rechte Freude an irgend einer Form der Teilnahme am Unterricht. Sie waren ja immer noch Schüler in einem nun auslaufenden Schulsystem. „Oberrealschule mit Gymnasium heißt der Laden jetzt", sagte er, „mit dem Zusatz: Oberschule im Abbau. Und wir sind die letzten, die im Abbau sind". Aber das allein war es nicht, was ihnen den Abschied vom Schülerdasein leicht machte. Es waren die neuen Schulkameraden, mit denen sie seit der Zwangsvereinigung der beiden vormals getrennten Klassen nie ganz klar gekommen waren. Von denen trennten sie Welten. Die waren in ihrer Mehrzahl eher künstlerisch-literarisch geprägt, während in der früheren A-Klasse das mathematisch-naturwissenschaftliche Interesse überwog. Zumindest gaben die anderen jetzt irgendwie den Ton an. Das eine Jahr des Zusammenseins war einfach nicht ausreichend gewesen, um die beiden

Klassenkulturen zusammenzuführen. Die B-Klassler aber waren ganz in ihrem Element. Mit großem Eifer widmeten sie sich der Aufgabe, eine Abs-Zeitung zusammenzustellen. Sie sammelten Beiträge, zeichneten, dichteten und reimten, hielten Arbeitssitzungen ab und versuchten auch Heinz als Co-Autor zu gewinnen. Der verfügte über eine recht umfangreiche Sammlung lustiger Begebenheiten und skurriler sprachlicher Ausrutscher mancher Lehrer. Die hatte er während zweier Schuljahre fein säuberlich aufgeschrieben, und sie hätten sich als Beitrag für die Zeitung auch gut geeignet. Aber er verspürte partout keine Lust zur Mitarbeit. Er könne und wolle nichts beitragen zu dem Werk, sagte er ungnädig. Ungeachtet dieser Verweigerungshaltung luden sie ihn ein, an der Schlußredaktion teilzunehmen. Dem entzog er sich dadurch, daß er am Tag der Redaktionskonferenz zusammen mit seinen alten Freunden Walter Roemer und Sepp Kees eine Bergtour unternahm.

Es ging auf die Zugspitze. Sie wählten diesmal den Weg durch die Höllentalklamm, vorbei an der Höllentalangerhütte und weiter über den Höllentalferner. Als sie in den drahtseilversicherten Wänden oberhalb des Gletschers dem Gipfel zustrebten, mußten sie erleben, wie ein Mitglied einer Gruppe von Bergwanderern, von denen sie kurz vorher während einer Rast noch überholt worden waren, aus der Wand stürzte und nach freiem Fall weit unter ihnen im Geröll aufschlug. „Dem ist nicht mehr zu helfen", konstatierte der Sepp. „Der hat alle Knochen gebrochen. Einen solchen Absturz überlebt keiner. Da ist die Chance so gut wie Null!" In der Gruppe über ihnen war ein vielstimmiger Schreckensschrei zu hören gewesen. Das Opfer selbst hatte offenbar während des Sturzes keinen Ton von sich gegeben. Die Unglücklichen hatten den Gipfel schon fast erreicht und setzten den kurzen Anstieg zum Münchner Haus fort. Die drei Freunde legten eine kleine Pause in der Wand ein, um sich von ihrem Schreck zu erholen. Als sie oben ankamen, war von der Gruppe nichts mehr zu sehen. Vermutlich hatte die dort fast immer präsente Bergwacht sie bereits unter ihre Fittiche genommen. Nur einige verschreckte Halbschuhtouristen standen herum und diskutierten den Vorfall. Später war in der Zeitung zu lesen, daß mangelnde Bergerfahrung und ungeeignetes Schuhwerk die Ursache des Absturzes gewesen sei. Das hatten sie allerdings auch bemerkt, als die Unglücksgruppe in unbergsteigerischer Eile im Geröll unterhalb des Schneefeldes an ihnen vorbeigehastet war.

Sein Deutschlehrer fragte ihn, ob er bei der Feier im Stadttheater die Abschiedsrede für die Abiturienten halten wolle, aber auch das lehnte er ab. „Ich weiß gar nicht, was mit ihnen los ist", war die Reaktion Heinrich Wolfarts, „so kenne ich sie gar nicht!" Er aber sagte, er wisse auch nicht warum, aber er wolle nichts sagen auf der Feier. Der Bubi solle sich einen anderen suchen. Ein Teil seiner Verärgerung, die auch der Sepp teilte, rührte daher, daß sie nicht einmal beim Schulsportfest mitmachen durften. Ihr bisheriger Turnlehrer Inno Stangl, der Olympiasieger, ihr großes Vorbild, war nicht mehr da, weil er als Trainer der mexikanischen Olympiamannschaft beurlaubt war. Der hätte sie bestimmt vor dem Lipp in Schutz genommen, welcher als stellvertretender Schuldirektor fungierte, seit der alte

Direktor Ruider in den Ruhestand gegangen war. Mit dem hatten sie sich sehr gut verstanden. Der hatte auch den Sport gefördert und beim letzten Schulsportfest hatte er sogar Medaillen für die Sieger prägen lassen. Der Lipp aber hatte selbstherrlich gleich zum Schuljahresbeginn verkündet, die Abiturklasse dürfe nicht am Sportfest teilnehmen. Sie sollten lieber lernen, anstatt zu trainieren, so hatte er seine Entscheidung begründet, und Konstantin Grimm, der übriggebliebene zweite Sportlehrer, hatte nichts dagegen unternommen. Sie machten aber dann doch mit beim Sportfest, gezwungenermaßen allerdings außer Konkurrenz. „Als ob uns das bißchen Sporttraining am Lernen gehindert hätte", meinte Sepp geringschätzig. „Wir haben ja trotzdem trainiert, und das Abs haben wir auch bestanden", sekundierte Heinz. „aber was versteht der Zulu schon vom Sport!" Und von Grimm habe man sowieso nichts zu erwarten gehabt. Der habe im Gegensatz zu Inno Stangl zwar ein Studium absolviert und führe deshalb den Titel Studienrat, aber Stangl sei ihm, obgleich nur Oberschullehrer, dennoch haushoch überlegen im Sport. „Und weißt du noch", spann Sepp den Faden weiter, „wie der den Inno einmal madig gemacht hat? Da hat er doch glatt gesagt, daß es der Stangl auch nicht mehr lange machen werde. Wenn der Kollege älter werde, dann werde es bald aus sein mit seiner Olympiakür, die er alljährlich vorführt, hat er gesagt. Das war doch der reine Neid bei dem!" Heinz setzte dieser Kritik noch die Krone auf, indem er sagte: „In seinem zweiten Fach, in Erdkunde, weiß er ja auch nicht viel. Der hat doch einmal vertretungsweise eine Erdkundestunde bei uns abgehalten. Da hat er dann was gefaselt von der Mutter Erde, die im Weltall schwebt, umgeben von Planeten und vom Mond, und der sei Millionen Kilometer von uns entfernt. Der hat doch überhaupt keine Ahnung! Und der will den Inno kritisieren und heruntersetzen".

Die Abiturfeier gefiel ihm aber dann doch ganz gut. Sie verlief in einem recht würdigen Rahmen. Er saß mit der Mutter im festlich geschmückten Stadttheater und genoß als unbeteiligter Zuschauer die Darbietungen einiger Klassenkameraden auf der Bühne. Karl Bahle hielt eine kurze und prägnante Dankesrede. Studienrat Werminghaus schwafelte mit seinem unverkennbar amerikanischen Akzent ziemlich lange über die gottgegebene Ordnung und den Frieden und die Freiheit, die es zu bewahren gelte. Hanspeter Schroder und Hedi Windsheimer brillierten als Klaviervirtuosen, und der kleine Stefan Probst, der Wohnungsnachbar vom Bachlanger, tat sich als begabter und viel beklatschter Sängerstar des Schulchores hervor. Heinz erinnerte alles ein wenig an die Feierlichkeit anläßlich seiner Aufnahme in die Hitlerjugend vor etwas mehr als neun Jahren. Die war ebenfalls im Stadttheater gewesen, und sie war auch sehr feierlich abgelaufen, und der Kreisleiter Dennerl hatte eine ähnlich langatmige Rede gehalten wie heute der Wermimghaus, mit entgegengesetztem Inhalt natürlich, aber genauso schwülstig irgendwie. Das war lange her, die Zeiten hatten sich geändert, alles war ein wenig anders geworden, aber sein Gedächtnis registrierte die fatalen Ähnlichkeiten mit unerbittlicher Objektivität. Er kam sich vor wie ein alter Mann, der alte

Erinnerungen nicht aus dem Kopf verscheuchen kann. Dann wurden die Zeugnisse verteilt, die Feier war zu Ende.

Die Mutter fuhr mit dem Radl nach Hause, er redete noch ein wenig mit den Schulkameraden und machte sich dann zu Fuß auf den Heimweg, den Umschlag mit dem Abiturzeugnis in der Hand. Als er an dem braunen Beamtenhaus kurz vor der letzten Brücke über das Simetsbacherl vorbei kam, just an der Stelle, wo er im Jahr fünfundvierzig die Telephonzentrale unter dem amerikanischen Lastwagen hervorgezogen und geklaut hatte, fing ihn die Mutter seines Freundes Anton Schweiger ab. Wie es ihm ergangen sei im Abitur, wollte sie wissen, und ob sie das Zeugnis sehen dürfe. Bereitwillig zeigte er ihr die Urkunde, und sie meinte, es sei ja ganz gut ausgefallen mit drei Einsen und zwei Dreiern. Warum er denn in Geschichte keine bessere Note habe, fragte sie, und in Deutsch sei er doch nach ihrem Wissen immer ganz gut gewesen. Er wisse auch nicht warum, erwiderte er etwas peinlich berührt und nahm vorsichtig das wertvolle Dokument wieder an sich. Das Ganze wiederholte sich in nahezu identischer Weise, als er das häusliche Gartentürchen passiert hatte. Da wartete nämlich die Frau Probst aus der Wohnung unter ihnen und wollte ebenfalls das Ergebnis sehen. Er tat auch ihr den Gefallen, war aber froh, als er endlich die Wohnungstür hinter sich zumachen konnte.

Zu neuen Ufern

Er hatte sich für das Studium des Bauingenieurwesens eingeschrieben. Der Grund für diese Wahl war genau betrachtet einzig und allein die Tatsache, daß auch sein Vater Bauingenieur gewesen war. Noch während des Schuljahres hatte ein Berufsberater vom Arbeitsamt eine Sprechstunde an der Schule abgehalten. Als der sein Zwischenzeugnis gesehen und seinen Berufswunsch erfahren hatte, war er mit der Beratung auch schon wieder am Ende. „Machen Sie das", sagte er. „Sie sind von ihren Schulnoten her geeignet für das Ingenieurstudium, und das Bauwesen bietet gute Chancen in der Zukunft. Alles, was im Krieg zerstört worden ist, muß ja jetzt wieder aufgebaut werden. Da wird es keine Schwierigkeiten geben bei der Stellensuche, sei es beim Staat oder in der freien Wirtschaft. Ich kann ihnen nur zuraten". Heinz war enttäuscht über die schnelle Abfertigung. Er erwähnte, daß er eigentlich ein weit größeres Interesse am Flugzeugbau habe oder an der Weltraumtechnik, aber der Arbeitsamtmensch meinte unwillig: „Also, der Flugzeugbau ist bei uns ja verboten von den Siegermächten. Da ist gar kein Darandenken, daß so etwas wiederkommt, und Raketen wird man auch nie mehr bauen bei uns in Deutschland, so etwas gibt es höchstens in Amerika oder in England. Da müßten sie schon auswandern. Studieren können sie so etwas hier nicht. Das schlagen sie sich aus dem Kopf. Werden sie Bauingenieur wie ihr Vater, das hat Zukunft!" Damit war die Beratung zu Ende, der weitere Weg von Ausbildung, Studium und Beruf war festgelegt.

In der Zeit bis zum Semesterbeginn trat er eine Praktikantenstelle an. Theo Brannekämper, ein alter Schul- und Studienfreund seines Vaters, war

Bauunternehmer. Vor Fünfundvierzig hatte er kriegswichtige Bauvorhaben im Auftrag der Organisation Todt in Frankreich und Rußland abgewickelt und dabei seinen Maschinenpark stark erweitert, jetzt war ein anderer zahlungskräftiger Verein sein Hauptauftraggeber, nämlich die Kirche. Das hatte den Vorteil, daß bei den schwierigen Renovierungsmaßnahmen sehr viel nach Aufwand abgerechnet wurde und somit gute Gewinne ohne großes Risiko zu erzielen waren. Er galt aber auch als Spezialist, wenn es um Bodenmechanik und schwierige Gründungen ging. So war es ihm gelungen, den Turm der Münchener Theatinerkirche, der sich wie der schiefe Turm von Pisa bedenklich zur Seite geneigt hatte, wieder zu stabilisieren.

Heinz fing am Müchener Liebfrauendom an, wo es galt, das arg zerstörte Kirchenschiff und auch die etwas ramponierten Türme wieder aufzubauen. Er mußte lernen, sich in dem Wolfsrudel der Bauarbeiter zu behaupten, die ihm als „feinem Pinkel" und vermutetem Protektionskind des Firmenchefs zunächst mißtrauisch und ablehnend gegenüberstanden. Erst nach einer heftigen, sogar tätlichen Auseinandersetzung mit dem schikanösen Hauptwidersacher wurde es besser. Er hatte sich Respekt und Anerkennung verschaffen können in dieser rauhen Gesellschaft, und das war eine ganz neue Erfahrung für ihn. Jetzt berieten sie ihn, welches Werkzeug er als angehender Maurer haben müsse. „A Schapfe brauchst", sagte der Vorarbeiter, „a Kell'n und an Maurerhammer, a Spachtl waar aa ned schlecht, und a Wasserwaag'. Da muaßt aber a guade nehma, a Te-ag muaßt nehma, des is de beste, de halt' aa recht lang, verstehst?" „Was ist das für eine Waag", fragte Heinz nach, „daß ich keine falsche kauf' versehentlich". „A Te-ag", wiederholte der Maurer mit Betonung der ersten Silbe „eine Te-ag-Waage". Heinz notierte sich den vermuteten Spezialausdruck, denn er wollte keinen Fehler machen. Am Samstag darauf ging er in Weilheim in den Eisenwarenladen Hipper und brachte seine Wünsche vor. Bei dem Schapfer, der Kelle, der Spachtel und dem Hammer gab es keine Schwierigkeiten. Bei der Wasserwaage allerdings zuckte die Verkäuferin zusammen und fragte zweifelnd: „Wie heißt das? Können sie das noch einmal sagen?" Er wiederholte seinen Wunsch: „Eine Te-ag-Waage. Haben sie die nicht vorrätig? Das ist nämlich die beste!" Die Verkäuferin aber sagte: „Sie meinen vielleicht eine Teak-Waage, eine Waage aus Teakholz. Die sind wirklich gut!" Sie konnte sich aber das Lachen nicht ganz verbeißen, und Heinz wurde schlagartig klar, was der hilfreiche Maurer ohne Kenntnis der richtigen englischen Aussprache tatsächlich gemeint hatte. „Ja, natürlich", sagte er, „natürlich, eine Teak-Waage will ich". Trotz seiner nachträglichen Erklärung des Mißverständnisses hatte er beim Verlassen des Ladens das Gefühl, sich ganz schön blamiert zu haben.

Es dauerte aber noch lange, bis er wirklich als Maurer eingesetzt wurde. Zunächst galt es, einige der zerstörten Pfeiler, die einst das gotische Gewölbe gestützt hatten, abzureißen oder auf ihren Überresten, soweit sie noch tragfähig waren, neu aufzuführen. Dazu mußte man sich an den noch ganz gut erhaltenen Fensterlaibungen orientieren. „Da bräuchten wir einen Riß", sagte der Polier Müller, „genau von der Eck'n weg, wo der letzte Fensterbogen anfängt, müßt' man zwei Meter 'runter messen und von da mit einer Schlauchwaag 'rüberwiegen zu dem Pfeiler da. Der ist ja noch intakt. Von da weg könnt' man dann alle anderen Pfeiler einmessen. Kannst du da 'naufsteigen, den Zweimeterriß anzeichnen und dann die Schlauchwaag hinhalten. Ich steig an dem Pfeiler 'nauf mit dem anderen End' von der Waag' und mach' da auch an Bleistiftstrich hin!" Heinz erklärte sich zu allem bereit. Es war aber nur eine einzige lange Leiter auf der Baustelle aufzutreiben. Die lehnte der Polier an seinen Pfeiler, Heinz aber gelangte über eine viel zu kurze zweite Leiter lediglich bis zur Brüstung des leeren Kirchenfensters, in dem alle Scheiben fehlten. Die eisernen Sprossen der zerstörten Glasfenster waren aber noch vorhanden. An ihnen kletterte er weiter nach oben, immer das eine Ende der Schlauchwaage in der Hand, machte seinen Zweimeterriß und brachte dann die in einem Glasröhrchen sichtbare Wasseroberfläche mit dem Bleistiftstrich zur Deckung. „Gut", schrie Müller und machte seinerseits einen dicken Strich mit dem Zimmererblei. „Fertig, du kannst wieder 'runterkommen!" Später sollte auf einen der beiden Türme eine elektrische Seilwinde gebracht werden. Zum Glück befand sich, wohl seit mittelalterlichen Zeiten, in halber Höhe ein eigentlich museumsreifes riesiges Laufrad mit angeflanschter Seiltrommel, alles aus Holz, mit ausreichend Hanfseil auf der Trommel und noch voll funktionsfähig. Diese Rarität benützte Heinz, um zunächst zusammen mit einem Hilfsarbeiter eine kleine eiserne Handwinde nach oben zu hieven, welche dann allerdings die restlichen vierzig Meter noch mühsam ganz hinauf bis unter die provisorischen Kuppeln getragen werden mußte. Damit holten sie zum Schluß die elektrische Winde herauf, mit der fortan alle Lasten auf den Turm gebracht werden konnten. Solche Arbeiten machten Spaß. Es war auch interessant zu sehen, wie schlampig die alten Baumeister bisweilen gearbeitet hatten. Beim Abbruch einer vermeintlich meterdicken Mauer zwischen Turm und Kirchenschiff beispielsweise stellte sich heraus, daß zwischen zwei dünnen Ziegelmauern allerlei Schutt und Dreck ohne tragende Funktion eingefüllt worden war.

Zum richtigen Mauern kam er erst viel später, als ganz oben zwischen den aus Beton vorgefertigten, auf Lehrgerüsten verlegten und eisenarmierten gotischen Spitzbögen die eigentlichen Gewölbe mit Ziegeln aus Bimsbeton eingezogen wurden. Das war viel einfacher, als eine gerade Mauer hochzuziehen. Sie spannten Holzlatten zwischen die Bögen, um die Leichtbauziegel während des Aufmauerns in ihrer Lage festzuhalten. Das klappte ganz gut, wurde allerdings um so schwieriger, je mehr die Ziegellagen gegen Ende des Vorgangs in die Horizontale kamen. Da wollten sie partout davonschwimmen auf ihrem Mörtelbett, aber wenn dann der letzte Stein ganz oben als Abschluß eingesetzt wurde, war die Zitterpartie gewonnen.

In den Semesterferien arbeitete er als Werkstudent auf vielen Baustellen, sei es als Maurer, sei es als noch besser bezahlter Eisenflechter, aber die Tätigkeit beim Wiederaufbau des Doms war doch etwas, was ihn mit besonderer Genugtuung erfüllte, und das Ergebnis konnte man ja auch vorzeigen. Sein Freund Herbert Scharr jedenfalls, der Neuphilologie an der Uni studierte, war sehr beeindruckt, als

Heinz ihn eines Tages an den Schauplatz seiner Tätigkeit führte. „Schau einmal da hinauf", sagte er, „siehst du das gotische Gewölbe da oben? Das achte, vom Eingang her gezählt, das hab' ich gemauert!" „Das ganze Gewölbe", wollte der Freund wissen, „das ganze, und du ganz allein? Wo du doch gar kein gelernter Maurer bist?" „Ja, ich ganz allein", sagte Heinz mit Stolz. Später verschaffte er dem Freund noch ein besonderes Erlebnis. Als nämlich die provisorischen Holzkuppeln der beiden Frauentürme durch dünne Schalen aus Stahlbeton ersetzt waren, lud er Herbert ein, mit ihm zusammen auf einen der Türme hochzusteigen. Über das Arbeitsgerüst konnten sie gefahrlos die Kuppel betreten und von dieser höchsten Stelle aus die faszinierende Aussicht über ganz München genießen. „Jetzt stehst du da, wo später, wenn einmal die Kupfereindeckung angebracht ist, die Turmspitze montiert wird", sagte er, „also, höher geht's nicht mehr". Und Herbert, der einen stark ausgeprägten Sinn für einmalige Situationen hatte, ergänzte: „Und an der Stelle, wo wir jetzt stehen, wird später nie wieder jemand stehen können!"

Im großen Physikhörsaal der TH lernte er alle die Koryphäen kennen, von denen er schon einiges gehört hatte und die ihm nun die mathematisch-physikalischen Grundlagen vermitteln sollten, welche in den Ingenieurwissenschaften unabdingbar sind. Große Kapazitäten auf ihrem Fachgebiet waren sie, aber auch schrullige Käuze. Josef Lense beispielsweise. Der hatte den Lehrstuhl für angewandte Mathematik inne, war aber unter Physikern weltberühmt wegen seiner Arbeiten über den nach ihm benannten Lense-Thirring-Effekt, der eine experimentelle Bestätigung der allgemeinen Relativitätstheorie möglich erscheinen ließ. Lense war ein kleiner, schmächtiger, unscheinbarer Mensch mit leicht österreichischem Akzent, dessen Vorlesungen über höhere Mathematik aber ein wahres Kunstwerk darstellten, kurz, prägnant, ohne jede unnötige Wiederholung oder Abschweifung. Der ärgerte sich jedesmal ungeheuer, wenn ein Student zu spät kam und nach Vorlesungsbeginn noch die Treppe neben dem Vorlesungspult herunter stolperte. „Da läuft schon wieder so ein Pferd herunter", sagte er dann verärgert und entblößte dabei sein Gebiß, in dem eine Reihe von Zähnen fehlte, so daß er selber wie ein ausgedienter abgemagerter Ackergaul aussah. Er entwickelte den ganzen mathematischen Stoff von vier Jahren Gymnasium in weniger als sechs Wochen an der Tafel, aus dem Kopf, ohne jedes Manuskript. Jedesmal, wenn er wieder ein Kapitel in seiner ungewohnt kompakten Darstellungsweise abgehandelt hatte, machte er die abschließende Bemerkung: „Also, ned wahr, da ha'm sie jetzt eine Trigonometrie in der Westentasche" oder „eine Differentialrechnung in der Westentasche", und dann ging er unverzüglich zum nächsten Abschnitt über. Sie stöhnten und hatten Mühe, so schnell mitzuschreiben, wie er seine Ableitungen entwickelte. „Wenn der Gymnasialstoff abgehandelt ist, wird er ja langsamer werden", tröstete sich Heinz. „Bei den neuen und schwierigeren Abschnitten kann er ja nicht mehr so schnell vorgehen!" Das erwies sich jedoch als Irrtum. Der Lense behielt sein mörderisches Tempo unvermindert bei. Er wiederholte sich nie, und auch sein Lehrbuch war ganz knapp gehalten. Alles war streng logisch aus den Grundlagen entwickelt, ein extra Aufgabenteil fehlte ganz. „Bezüglich der

Aufgaben empfehle ich die fleißige Teilnahme an den Übungen, welche meine Assistenten abhalten, ned wahr", sagte er lapidar. Manchmal ergab es sich, daß Heinz in der Mittagspause mit ihm an einem Tisch saß, in einer kleinen Imbißstube, beim Vinzenz Murr in der Augustenstraße. Das war nicht ganz ungefährlich, weil der Professor dazu neigte, sein Gegenüber während des Essens mit kniffligen Denksportaufgaben zu konfrontieren. Zum Glück gab er die Antwort meistens selber, wenn sein Gegenüber zu lange brauchte, sei es, weil er das Problem nicht so schnell zu durchschauen vermochte, sei es, weil er gerade den Mund voll hatte. Den Lense focht das nicht an, denn er redete auch mit vollem Mund. Viele hätten ja lieber den Sauer gehabt in Mathematik, weil der nicht so schnell vorging und auch viele praktische Anwendungsbeispiele in seine Vorlesung einbaute. Aber das konnten die Studenten nicht aussuchen, denn die beiden Professoren wechselten sich im jährlichen Turnus ab und begleiteten jede neue Studentengeneration über mehrere Semester hinweg. Sauer hatte zusammen mit seinem Kollegen Piloty auch eine Rechenmaschine aufgebaut, die PERM. Das hieß soviel wie Programmierbare Elektronische Rechenanlage München, und es war der erste Elektronenrechner, den Heinz überhaupt zu Gesicht bekam.

In Physik hatten sie Georg Joos. Der war ein begnadeter Experimentalphysiker. Ende der zwanziger Jahre war er bekannt geworden, als er den Michelson-Morley-Versuch mit bis dahin nicht gekannter Genauigkeit wiederholt hatte, jenen Versuch, der die Äther-Hypothese zu Fall gebracht, die Konstanz der Lichtgeschwindigkeit bewiesen und damit Einsteins spezielle Relativitätstheorie ermöglicht hatte. Er war äußerlich das Gegenteil vom Lense, etwas rundlich, das Gesicht gut durchblutet. Er wirkte recht gemütlich, nicht zuletzt wegen seines württembergisch-schwäbischen Dialekts. In Wahrheit aber war er ein Choleriker. Wie Lense reagierte auch er empfindlich auf Zuspätkommende, zumal sich in seiner Vorlesung das Öffnen einer Eingangstüre besonders störend auswirkte, weil seine Experimente häufig bei abgedunkeltem Saal durchgeführt werden mußten. In aller Regel stand er dabei in einem kleinen Raum hinter einem Experimentiertisch, der erst durch Wegschieben der großen Wandtafel an der Vorderfront des nach Art eines Amphitheaters ansteigenden Vorlesungssaales sichtbar wurde. Als wieder einmal einer zu spät kam und einen störenden Lichteinfall verursachte, brüllte Joos: „Sie unverschämter Flegel! Was erlauben sie sich. Sehen sie nicht, daß sie stören?" Dann vollführte er, den Zeigestab in der Hand, eine gekonnte Flanke über den Experimentiertisch und rannte auf den Übeltäter zu. Der aber flüchtete im Schutz der wieder herrschenden Dunkelheit in eine der Sitzreihen und war nicht mehr ausfindig zu machen. Wie wütend er werden konnte, zeigte sich auch an einer Begebenheit, die er Heinz erzählte, als sei sie erst gestern passiert. Es war aber während des Krieges oder kurz danach gewesen, jedenfalls in der schlechten Zeit. „Stellen sie sich vor", sagte er, „ich sitze in einem Restaurant und bestelle eine kalte Platte, Brot, Wurst und Butter. Der Ober verlangt die Lebensmittelmarken schon im voraus, ich hab' noch gar nicht angefangen zu essen, schon das eine Unverschämtheit! Aber dann! Für das bißchen Butter wollte er zwei Zwanzig-Gramm-Abschnitte haben. Ich forme einen kleinen Würfel aus der Butter, messe die Kantenlänge, rechne das Gewicht aus. Es war nicht einmal die Hälfte, achtzehn Gramm höchstens! Ich beschwere mich, aber der Kerl streitet alles ab. Er verrechne immer vierzig Gramm bei dieser Platte, hat er gesagt. Ich hätte ihn niederschlagen können!" Erst der herbeigeeilte Geschäftsführer habe ihm schließlich recht geben müssen.

Auch eine weitere wissenschaftliche Größe lernte Heinz nun kennen. Ludwig Föppl war eine anerkannte Kapazität auf dem Gebiet der Technischen Mechanik, der Wissenschaft, welche die Theoretische Grundlage für Statik, Dynamik und Festigkeitslehre darstellte. Heinz wußte, daß sein eigener Vater Anfang der zwanziger Jahre schon bei Ludwig Föppls Vater August studiert hatte. Es ging das Gerücht, der Vater habe den Sohn einst durch die Prüfung sausen lassen, ausgerechnet in dem Fach, in dem er dann womöglich noch bekannter geworden war als sein Vater. Tatsache war jedenfalls, daß beide ein richtungweisendes Lehrbuch über Festigkeitslehre herausgegeben hatten mit dem etwas sonderbar anmutenden Titel „Drang und Zwang". Heinz wußte außerdem, daß August Föppl das erste deutschsprachige Lehrbuch über die Maxwellsche Theorie der Elektrizität verfaßt hatte und daß das Studium dieses Buches wiederum Albert Einstein sehr geholfen hatte, seine spezielle Relativitätstheorie zu formulieren. Diese gar nicht zu seinem Bauingenieurstudium gehörenden wissenschaftlichen Leistungen faszinierten ihn mehr als die Fachvorlesungen für sein eigentliches Berufsziel. Er fragte sich manchmal, ob er nicht besser daran getan hätte, Mathematik und Physik zu studieren, wenn schon Flugzeugbau nicht mehr erlaubt war in Deutschland. Aber umsteigen wollte er nun auch nicht mehr.

Es war etwas anstrengend, Föppls Vorlesung zu folgen. Der alte Herr litt nämlich sichtbar an einer Art von Nervenleiden. Er wackelte ständig mit dem Kopf, hüpfte andauernd nervös im Vortragssaal herum und wechselte ständig seine Position. Er trug abwechselnd mal von der Tafel im Vordergrund und dann wieder mitten aus dem Saal vor, wobei er sich wild gestikulierend auf den Treppen zwischen den Sitzreihen auf und ab bewegte. Er verstand es aber, seine Vorlesung durch verständliche Beispiele und gelegentliche humoristische Einlagen aufzulockern. So war eine seiner ersten Fragen ganz zu Beginn des Semesters: „Meine Herren, nein, ich verbessere mich, meine Dame, meine Herren, wir haben ja auch eine Dame hier, also, meine Dame, meine Herren, ich werde ihnen jetzt eine Frage stellen, welche ihnen zunächst etwas sonderbar vorkommen wird, die aber ganz deutlich die Aufgabenproblematik von Statik und Festigkeitslehre aufzeigt. Die Statik ist ja, wie sie wissen, ein Teil der Mechanik, diese ist ein Teil der Physik, und diese wiederum ist ein Teil der Naturwissenschaften". Er legte eine wohlberechnete Pause ein. Alle warteten gespannt auf die Frage. Föppl fuhr fort: „Stellen sie sich eine Eisenbahnbrücke vor, eine Stahlbrücke über eine Schlucht, eine tiefe Schlucht!" Er malte einen dicken horizontalen Strich an die Tafel und darunter eine krumme Linie, die wohl die Schlucht darstellen sollte. „Auf diese Brücke setzt sich eine Fliege". Er markierte einen Punkt auf dem Balken. „Was passiert? Was, glauben sie, geschieht?" Man hörte tuscheln und verhaltenes Gelächter, aber niemand meldete sich. „Nun", sagte der Mechanikpapst, „ganz einfach. Die Brücke biegt sich durch!" Mit diesen Worten zog er mit roter Kreide eine gebogene Linie unter den geraden Balken. „Hier haben sie die Biegelinie. Die Durchbiegung wird zwar nur gering sein wegen der geringen Last, aber sie ist nicht Null. Und davon handelt die Mechanik der elastischen Körper. Sie handelt von dem Zusammenhang zwischen Belastungen und Verformungen!" Befreiendes Lachen aus der Zuhörerschaft, er begann seinen Vortrag. Die Abneigung seiner Kollegen gegen Zuspätkommende teilte Föppl nicht. Als sich eines Tages mitten in der Vorlesung die Türe öffnete und ein hübsches Mädchen im eben erst aufgekommenen Petticoat die Treppe herunter stöckelte, wendete sich der ganze Saal voll männlicher Studenten diesem Wunder zu. Der Professor sah sich um, wartete, bis die Dame Platz genommen hatte und sagte dann: „Meine Herren, darf ich sie nach diesem durchaus erfreulichen Anblick darauf aufmerksam machen, daß das, was ich ihnen hier an der Tafel aufgezeichnet habe, auch eine ganz interessante Figur ist!"

Wie die meisten seiner Weilheimer Klassenkameraden konnte Heinz sich keine teure Studentenbude leisten. Stattdessen fuhr er jeden Tag mit der Eisenbahn in meist überfüllten und im Winter auch überheizten Waggons nach München. Das bedeutete frühes Aufstehen, spätes Nachhausekommen und einen großen Zeitverlust im Vergleich zu den Münchener Kommilitonen. Aber das Zugfahren hatte auch Vorteile. So traf er beinahe täglich einige seiner früheren Schulkameraden, auch wenn sie andere Studienrichtungen eingeschlagen hatten. Außerdem ergaben sich häufig Kontakte mit interessanten Menschen, denn es verging kaum ein Tag, an dem er nicht mit irgend einem Mitreisenden ins Gespräch kam. So saß er häufig einem alten Herrn gegenüber, der viele Begebenheiten aus seinem ereignisreichen Leben erzählen konnte. Er hieß Ernst Hanfstaengl, genannt Putzi, und war der Sohn des bekannten Münchener Kunstverlegers. Er fuhr täglich von Murnau nach München. Seine Mutter war Amerikanerin, und deshalb hatte er auch in Harvard studiert. In den Zwanzigern hatte er dann Adolf Hitler kennengelernt, hatte sich begeistert den Nationalsozialisten zugewandt und sogar am Hitlerputsch im Jahre dreiundzwanzig teilgenommen. Er hatte, das betonte er ganz besonders, Hitler in der Münchner „High Society" erst gesellschaftsfähig gemacht. Später hatte er sich aber dann von ihm abgewandt und war in Ungnade gefallen. „Hitler wollte mich umbringen lassen", sagte er. „Aus einem Flugzeug sollte ich gestürzt werden!" Er habe aber noch rechtzeitig fliehen können. Er sei dann nach England gegangen und später in den USA enger Berater von Präsident Roosevelt geworden. Heinz fand die Gespräche mit diesem hochgebildeten Mann sehr anregend. Eines Tages sagte Hanfstaengl mit bedeutsamer Miene: „Junger Mann, jetzt will ich ihnen einmal einen Ratschlag geben, einen Hinweis auf etwas, was sehr wichtig ist im ganzen Leben". Er war sehr gespannt, was der große Mann ihm wohl raten würde. Vielleicht ein Rezept für das berufliche Fortkommen, einen Trick, wie man zu Einfluß und Reichtum kommt. „Sie müssen", sagte der Vielerfahrene, „sie müssen immer darauf achten, daß sie regelmäßig jeden Tag in der Früh' ihren Stuhlgang erledigen". Das sei wichtig für Gesundheit,

Wohlbefinden und letztlich für ein erfolgreiches Leben. Heinz hatte große Mühe, nach diesem unerwarteten Ratschlag nicht seine Fassung zu verlieren.

Eine gewisse Sehnsucht nach seiner alten „Oberrealschule mit Gymnasium, Oberschule im Abbau" war ihm geblieben, und wenn nachmittags vorlesungsfrei war und er früher nach Weilheim zurückfahren konnte, dann machte er bisweilen auf dem Nachhauseweg einen Umweg zu dem ehrwürdigen Gebäude an der Murnauer Straße. Als er bei einer solchen Stippvisite nach einem Rundgang durch die erinnerungsträchtigen Flure im ersten Stock auf der geschwungenen Schultreppe nach unten rannte, begegnete ihm dort ein elegant gekleideter Herr von zierlicher Figur. Heinz strebte grußlos an ihm vorbei, zumal der Mann in einem Taschenkalender blätterte und ihn gar nicht wahrzunehmen schien. Kaum aber war er an ihm vorbei, drehte sich der Unbekannte nach ihm um und sagte mißbilligend: „Grüß Gott! Wenn sie mich schon nicht grüßen, dann muß ich halt sie grüßen! Ich bin nämlich zufällig der Direktor dieser Schule, falls sie das noch nicht wissen sollten!" Heinz blieb überrascht stehen, blickte sich um und erwiderte: „Sehr erfreut, Herr Direktor. Ich bin ein ehemaliger Schüler dieser Schule und wollte einfach wieder einmal hier hereinschauen. Staudinger ist mein Name!" Und er fügte hinzu, er habe im vergangenen Jahr das Abitur gemacht und studiere jetzt Bauwesen an der TH München. Der Direktor stellte sich nun auch namentlich als Oberstudiendirektor Doktor Scholl vor, und es ergab sich ein angeregtes Gespräch auf der alten Schultreppe, in dessen Verlauf sich herausstellte, daß der neue Direktor in der Angermaiergasse ein Haus bauen wollte, ganz in der Nähe vom Bachlanger.

Eines Tages traf er vor dem Eingang zur TH den langen Beppo Nuscheler, den großen Sportmatador aus Peißenberg, der schon zwei Jahre vor ihm das Abitur gemacht hatte. „Mensch, wie geht's dir denn", fragte er. „Bist du schon bald fertig?" Der Beppo erzählte, er habe sein Diplom schon in der Tasche, und eine Anstellung habe er auch schon. Er müsse nur noch das elterliche Lederwarengeschäft betreuen, bis seine Schwester es übernehmen könne. „Dann fange ich in Augsburg bei der Firma Messerschmitt an, als Entwicklungsingenieur im Flugzeugbau". Heinz reagierte überrascht. „Im Flugzeugbau? Das hat man doch gar nicht studieren konnen!" Nuscheler sagte: „Flugzeugbau als eigenständigen Studiengang nicht. Ich habe Maschinenbau studiert, und da war es möglich, zum Schluß ein vertieftes Studium Fachrichtung Flugzeugbau anzuhängen". „Hätte ich nur Maschinenbau studiert wie der Sepp oder der Roemer Walter. Dann könnte ich jetzt auch auf Flugzeugbau umsteigen, genauso wie es jetzt der Nuscheler gemacht hat", sagte er abends zu seiner Mutter. Er hatte das etwas beunruhigende Gefühl, eine lebenswichtige Chance verpaßt zu haben.

Nachrede

Den Traum von einer Tätigkeit in der Luft - und Raumfahrtindustrie konnte er sich drei Jahre nach Abschluß seines Studiums doch noch erfüllen. Als frischgebackener Diplomingenieur war er zunächst in eine Augsburger Bauunternehmung eingetreten, wo er als Bauleiter unter anderem beim Neubau einer großen Stadtautobahn eingesetzt war. Dann aber ergab sich die Chance, bei der damals noch jungen Firma Bölkow Entwicklungen KG in Ottobrunn den Sprung in die erträumte Tätigkeit als Entwicklungsingenieur in dem neuen und nun von den Alliierten wieder zugelassenen Fachgebiet zu riskieren. Von dem, was er als Student gelernt hatte, konnte er nicht allzuviel gebrauchen, außer den mathematisch-physikalischen Grundlagen der ersten Semester. Da aber die „alten Hasen" wegen der von den Siegermächten erzwungenen Zwangspause auch nicht mehr auf der Höhe der Zeit waren, bedeutete das keinen Nachteil. Alle mußten ja bei dieser Aufholjagd viel von den inzwischen führenden Amerikanern lernen, sei es durch das Studium entsprechender Fachbücher und wissenschaftlicher Veröffentlichungen, sei es durch Seminare und Firmenkontakte in den USA oder in England. Aber vor allem waren eigene Kreativität und „learning by doing" gefragt, und da war er den Alterfahrenen nicht unterlegen, selbst denjenigen nicht, die nach dem Krieg unfreiwillig oder auch aus eigenem Entschluß im Ausland weitergearbeitet hatten. Er hatte das Glück, unter dem genialen Luftfahrtpionier und „Technosophen" Ludwig Bölkow zunächst als Flugzeugstatiker, dann als Hauptabteilungsleiter für Strukturmechanik und später als Konstruktions - und Entwicklungsleiter in der Wehrtechnik bei Messerschmitt-Bölkow-Blohm (MBB) arbeiten zu dürfen. So war es ihm vergönnt, in dieser faszinierenden Ideenschmiede viele interessante Projekte wie Hubschrauber, Nachrichtensatelliten, Flugkörper und Raketen, aber auch das High-Tech-Magnetschwebefahrzeug Transrapid maßgeblich mitzugestalten.

Zum Schluß ein immer noch treffendes Epigramm des römischen Dichters Martial aus dem ersten nachchristlichen Jahrhundert:

Exigis, ut donem nostros tibi, Quinte, libellos.
Non habeo, sed habet bibliopola Tryphon.

(Quintus, du forderst mich auf, dir meine Bücher zu schenken.
Ich habe sie nicht, aber der Buchhändler Tryphon hat sie.)

Anhang: Photos zu Band 1

Im Frieden

Die Mutter
Der Kemptener Großvater
Die Münchner Großmutter   Die Kemptener Großmutter

Der Vater Die Münchner Großmutter
Der Burschi

Im Krieg

Einquartierung

Der Vater in Uniform (Organisation Todt)

Kinderspiele

Im Frieden

Im Krieg

In Rußland

Der Vater   Der Onkel Walter und der Vater

In der Heimat in Weilheim

Der Junge   Die Mutter mit dem neuen
             Mantel aus Paris

Beim Jungvolk

Nachkriegszeiten

1947

**Die Mutter und die
Hechenriederbuben**

Vater Hechenrieder

1948

**Maxle, der
Eichelhäher**

Lehrer

Josef Hinterwimmer
Mathematik

Gustav Lutz
Zeichnen

Franz Schaehle
Latein

Dr. Gertraud John
Deutsch und Geschichte

Inno Stangl
Sport

Ludwig Schedel
der Schulverwalter

**Dr. Robert Kerber
Latein**

**Walter Kiefhaber
Chemie**

Lieblingsfächer
Naturwissenschaft

Physik, Chemie, Biologie

Der "Frosch"

Ein Mikroskop
Marke Eigenbau

Der "Bui Bui"

Anhang: Dokumente zu Band 1
Ausweise vor und nach dem Umsturz

1943:

Dienstkarte
der HJ

Dienstkarte
der
Hitler-Jugend

Gebiet Hochland (19)

Nr. 307/852/43

Vor- und Zuname: ....Heinz S t a u d i n g e r

geb. am:........ 18.5.1933 in Weilheim

Wohnung: ......Weilheim, Am Bachlanger 3

eingestellt in die HJ am: 1.5.1943.

Kennkarte Nr.: .... --

Staudinger Heinz
(Unterschrift des Inhabers)

Dienstsiegel

Der Jugendführer des Deutschen Reiches

1945:

Weilheim darf nicht verlassen werden

1.) Member of the party ? No

2.) Soldier or no No

MILITARY GOVERNMENT OF GERMANY

TEMPORARY REGISTRATION

Zeitweilige Registrierungskarte

Name / Name	Staudinger , Heinz	Alter-Age 12 Geschlecht / Sex male
Ständige Adresse / Permanent Address	Weilheim	Beruf / Occupation Schüler
Jetzige Adresse / Present Address	Weilheim, Am Bachlanger 3	

Der Inhaber dieser Karte ist als Einwohner von der Stadt ......Weilheim vorschriftsmäßig registriert und ist es ihm oder ihr strengstens verboten, sich von diesem Platz zu entfernen. Zuwiderhandlung dieser Maßnahme führt zu sofortigem Arrest. Der Inhaber dieses Scheines muß diesen Ausweis stets bei sich führen.

The holder of this card is duly registered as a resident of the town of ......Weilheim and is prohibited from leaving the place designated. Violation of this restriction will lead to immediate arrest. Registrant will at all times have this paper on his person.

Identity-Card Nr. 4251
Legitimations-Nummer
Identity Card Number

Staudinger Heinz
Unterschrift des Inhabers
Signature of Holder

Right Index Finger

Name und Rang
Mil Gov Officer, U.S.

20.8.194...
Datum der Ausstellung
Date of Issue

OFFICIAL

Dies ist kein Personal-Ausweis und erlaubt keine Vorrechte
(This is not an identity document and allows no privileges)

101

1945: Fahrradschein

CERTIFICATE OF OWNERSHIP

This is to certify that: –
Hiermit wird bescheinigt, daß: –

Date 9. july 1945

Name Staudinger Maria   Address am Bachlanger 3
Name   Wohnung

City Weilheim   County Weilheim
Wohnort   Landkreis

is the owner of bicycle – horse-drawn vehicle (cross out one)
der Eigentümer des Fahrrades – Fuhrwerkes ist (nicht Zutreffendes streichen)

Reg. Nr.
Nr., unter welcher das Fahrrad eingetragen ist

Purpose of use for farmers use
Verwendungszweck

Mil. Gov. Stamp   Signed   Im Auftrage
Stempel der Mil.-Regierung   Unterschrift des Bürgermeisters

OFFICIAL

over–wenden!

Instructions

1. Owner of vehicle must carry this certificate on his person at all times, and present same for inspection if stopped by any American Officer, Soldier, or German Police Officer.

2. This certificate is to be accomplished in triplicate, with the following distribution of copies:

    A. Original to owner.
    B. Duplicate to Mil. Gov. file.
    C. Triplicate to burogmaster file.

Anweisungen

1. Der Fahrer muß das Original dieser Erlaubnis stets bei sich tragen und hat es bei Nachfrage jedem amerikanischen Offizier, Soldaten oder deutschen Polizisten zur Kontrolle vorzuzeigen.

2. Diese Bescheinigung wird in d r e i f a c h e r Fertigung ausgestellt und folgendermaßen verteilt:

    A. Das Original erhält der Eigentümer des Fahrrades bzw. Fuhrwerks.
    B. Eine Durchschrift verbleibt in der Kartei der Mil.-Regierung.
    C. Eine Durchschrift verbleibt in der Kartei des Bürgermeisters.

Anhang: Photos zu Band 2

Im Klassenzimmer

Gregor Auer
Englisch

Dr. Franz Krammer
Mathematik

Dr. Krammer mit
Franz Pöttig

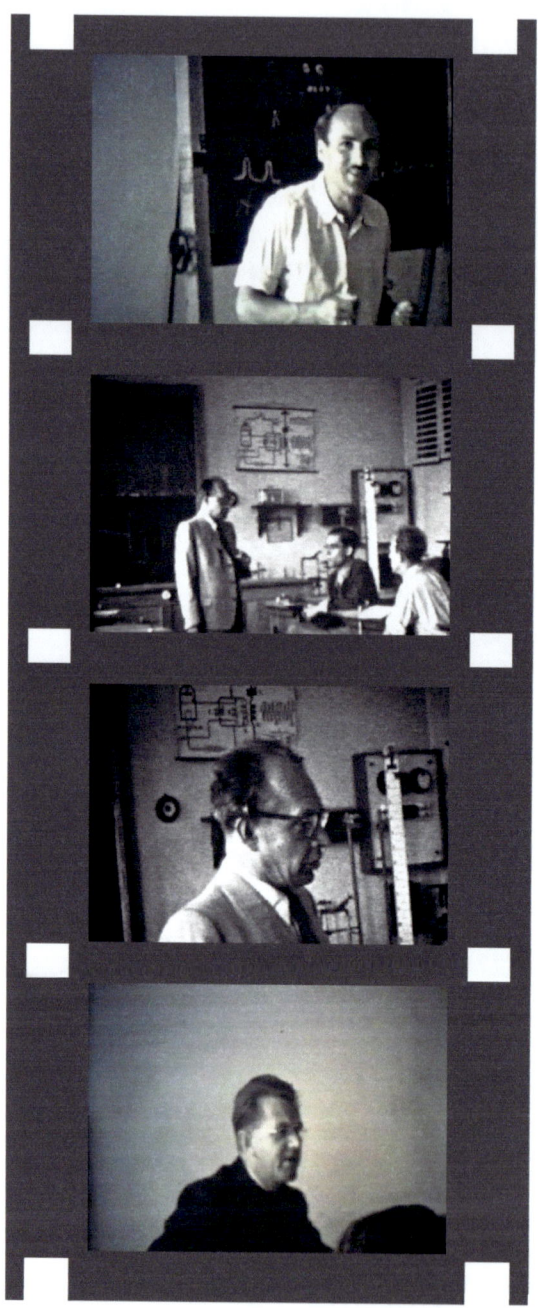

Gregor Spannagl
Latein

Im Physiksaal

Dr. Franz Münzberg

Anton Kriener
Religion

In der Stadtpfarrkirche Mariä Himmelfahrt

Am Sportplatz

Sepp Kees

Gerhard Greiner
Heinz Staudinger

Sepp Kees

Gregor Auer
Englisch
Dr. Ferdinand Ströbl
Chemie

Am Barren
Siehe nächste Seite

Heinz Staudinger
Franz Klein

Heinz Staudinger

Paul Fleischmann, Chemie
Dr. Karl Münzberg, Chemie + Physik

Dieter Gnilka (Physik)   2. von links: Sepp Kees

107

Vor der Meilerhütte

Heinrich Wolfart (Deutsch)

Am Dietlhofer See

In Frankreich

Heinz Staudinger

Duncan Cormack

Fronleichnam

Heinz Staudinger

Franz Schreiber

Zeichnen

**Linolschnitt
(Exlibris)**

Paul Hess
Zeichnen

"Glauben Sie, daß es so etwas
jemals geben wird?"

1952

Das Abitur ist vorbei

Dr. Franz Münzberg
und Frau Lilo

Am Gögerlhang

Sepp Kees

Zugspitze

Heinz
Staudinger

Walter
Roemer

Ein neuer Lebensabschnitt

Heinz Staudinger
als Werkstudent
am Bau

Baustelle Dom
1953

Als TH-Student

Anhang: Dokumente zu Band 2

Aus dem Manuskript für einen Schulaufsatz 1952
Welche Ausblicke eröffnet die Weltraumschiffahrt?

Manuskript Teil 2

Wenn einmal
ein ~~echter~~ Mond, ~~vielleicht~~ der ~~mit der echte~~
~~Mond~~ ~~————~~ wird, ereicht,
so kann manches natürlich als Basis
für Atomgranaten benützen, und
eine solche Station zu besitzen, würde
jeder Regierung ein ungeheures Übergewicht
verschaffen.

Aber man könnte diese Station natürlich
auch für friedliche Zwecke verwenden. Astronomen könnten von dort aus, durch keine
Lufthülle gestört, ihre Beobachtungen machen,
und es wäre vielleicht sogar möglich,
durch große ~~gleichlaufenden mit der Erde drehenden~~
~~die also gegenüber einer Stelle der Erde schweben würde,~~ Spiegel, das Sonnenlicht auf von Klima
weniger begünstigte Landstriche zu
konzentrieren, wobei man allerdings
sehr vorsichtig zu Werke gehen müßte,

Abituraufgaben 1952

Reifeprüfung
an den Oberrealschulen (mathem. = naturwiss. Zweig) und Oberschulen für Knaben i. A.

Juni 1952

Dritter Prüfungstag
Mittwoch, den 18. Juni 1952 von 8–11 Uhr

Aufgaben aus der Mathematik
(3 Stunden Arbeitszeit)

(Der Prüfungsausschuß hat je eine Aufgabe aus den Gebieten A und B zur Bearbeitung zu bestimmen.)

A) Analytische Geometrie.

I.

Gegeben sind der Kreis $\Re \equiv x^2 + y^2 = 1$ und die Parabel $\mathfrak{P} \equiv y^2 = 2x$. [Für die Zeich= nung: Längeneinheit = 2 cm.]

Ein Punkt K $(x_k; y_k)$ habe in Bezug auf den Kreis $\Re$ die Polare p_K; diese sei gleich= zeitig die Polare p_P eines Punktes P $(x_P; y_P)$ in Bezug auf die Parabel $\mathfrak{P}$. Auf diese Weise wird jedem Punkte K in eindeutiger Weise ein Punkt P zugeordnet.

1. Ermittle zwischen den Koordinaten der Punkte K $(x_k; y_k)$ und P $(x_P; y_P)$ bestehen= den Beziehungen!
2. Berechne damit die Koordinaten des dem Punkte K $(2; 1)$ zugeordneten Punktes P!
3. Prüfe das Ergebnis graphisch auf folgende Weise:
   Zeichne die beiden Kurven sorgfältig, konstruiere zum Punkt K $(2; 1)$ die Polare p_K in Bezug auf den Kreis $\Re$ und suche zu dieser Geraden p_K den Pol P in Bezug auf die Parabel $\mathfrak{P}$!
4. Was läßt sich von den Berührungspunkten einer Tangente behaupten, die den beiden Kegelschnitten gemeinsam ist?
5. Kann ein Punkt K mit dem ihm zugeordneten Punkte P zusammenfallen?
   (Begründung!)

II.

Gegeben ist die Ellipse $\mathfrak{E} \equiv \dfrac{x^2}{36} + \dfrac{y^2}{12} = 1$.

Der Ellipse ist ein gleichseitiges Dreieck so umbeschrieben, daß eine seiner Ecken auf der $+x$ = Achse liegt.

1. Bestimme rechnerisch und zeichnerisch die Koordinaten des im 1. Quadranten liegenden Berührpunktes mit einer Dreiecksseite! [Längeneinheit: 1 cm].
2. Ermittle die Koordinaten der Dreiecksecken!
3. Ein beliebiger Punkt Q der Ellipse $\mathfrak{E}$ wird mit dem Koordinatenanfangspunkt O verbunden; die Strecke $\overline{OQ}$ wird durch den Punkt S im Verhältnis $1 : 2$ geteilt. Welchen geometrischen Ort beschreibt S, wenn Q auf der Ellipse wandert? Diskutiere und skizziere ihn!
   [Die auftretenden Irrationalitäten sollen n i c h t durch Dezimalbrüche ersetzt werden.]

Gegeben ist die Hyperbel $\mathfrak{H}_1 \equiv \dfrac{x^2}{9} - \dfrac{y^2}{36} = 1$.

[Längeneinheit für die Zeichnung: 1 cm.]

1. Konstruiere diese Hyperbel $\mathfrak{H}_1$ und die konjugierte Hyperbel $\mathfrak{H}_2$ (Hyperbel mit dem gleichen Asymptotenrechteck, deren Brennpunkte auf der y-Achse liegen)!

2. Der Punkt P wandere auf der Hyperbel $\mathfrak{H}_2$. Er werde jeweils mit dem Koordinaten- anfangspunkt O und mit dem auf der positiven x-Achse gelegenen Brennpunkt F_1 der Hyperbel $\mathfrak{H}_1$ verbunden. Ermittle den geometrischen Ort $\mathfrak{C}$, den die Schwerpunkte S der Dreiecke OFP beschreiben!
Bestimme Mittelpunkt, Achsen und Brennpunkte des geometrischen Ortes! Kon- struiere ihn!

3. $\mathfrak{K}$ sei der Kreis, der durch jene 3 Brennpunkte der Kurven $\mathfrak{H}_1$, $\mathfrak{H}_2$ und $\mathfrak{C}$ geht, die keine negative Koordinate haben.
Stelle die Gleichung dieses Kreises auf!

B) Infinitesimalrechnung.

I.

Untersuche den Verlauf der Kurve $\mathfrak{C} \equiv y = x^2 \cdot e^{-x}$!

1. Bestimme die Extremwerte und Wendepunkte!

2. Berechne die Krümmungsradien der Kurve $\mathfrak{C}$ in den Extrempunkten!

3. Zeichne den Verlauf der Kurve $\mathfrak{C}$ im Bereich $-1 \leqq x \leqq +5$ gegebenenfalls unter Benützung von (1) und (2) und Ermittlung einiger weiterer Kurvenpunkte!
[Längeneinheit: 2 cm.]

4. Wie groß ist die Fläche, die begrenzt wird durch die Kurve $\mathfrak{C}$, die x-Achse und die Ordinate des Kurvenpunktes mit der Abszisse 2?

II.

Die beiden Kurven $\mathfrak{C}_1 \equiv y = \dfrac{x^2}{4}$ und $\mathfrak{C}_2 \equiv y = \dfrac{4}{1 + x^2}$ sind im Bereich von $x = -5$ bis $x = +5$ zu zeichnen; daraus ist die Überlagerungskurve $\mathfrak{C} \equiv y = \dfrac{x^2}{4} + \dfrac{4}{1 + x^2}$ zu konstruieren!
[Längeneinheit: 1 cm.]

1. In welchen Punkten hat diese Kurve $\mathfrak{C}$ Extremwerte?

2. Zeige durch Rechnung, wo Maxima und Minima liegen!

3. Bestimme die Fläche, die von der Kurve $\mathfrak{C}$, den positiven Koordinatenachsen und der zum Minimum im 1. Quadranten gehörigen Ordinate begrenzt wird!

4. Wie lautet die Gleichung der Tangente an die Kurve $\mathfrak{C}$ im Punkt mit der Abszisse $x = +1$?

116

Lösung Mathematik 1

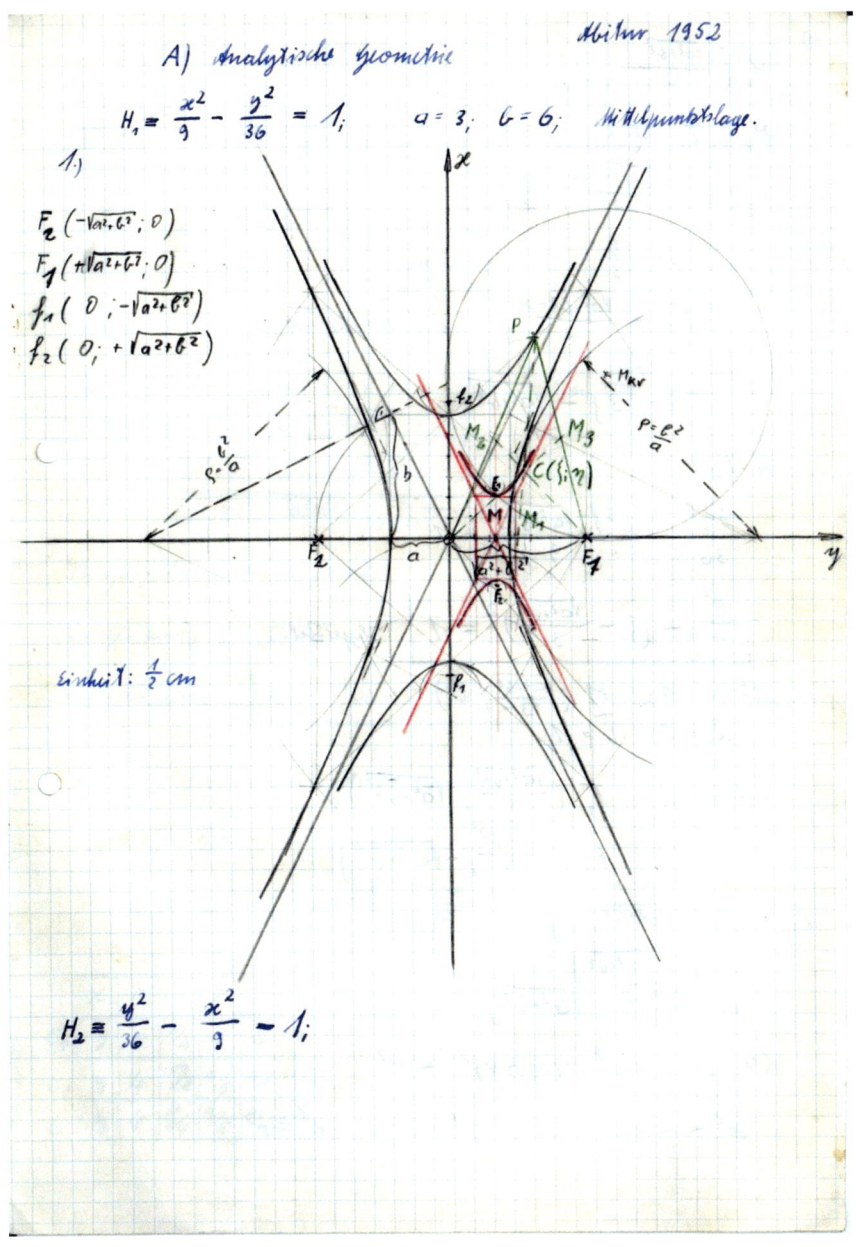

Lösung Mathematik 2

2.)

$$M_1 \left(\frac{\sqrt{a^2+b^2}}{2} ; 0 \right)$$

$$M_2 \left(\frac{x}{2} ; \frac{y}{2} \right)$$

$$M_3 \left(x + \frac{\sqrt{a^2+b^2}-x}{2} ; \frac{y}{2} \right)$$

$$\eta = \frac{y}{3} ; \qquad y = 3\eta$$

$$\xi = \frac{2}{3} \left[x + \frac{\sqrt{a^2+b^2}-x}{2} \right] = \frac{1}{3} \left(x + \sqrt{a^2+b^2} \right) ;$$

$$x = 3\xi - \sqrt{a^2+b^2} ;$$

in H_2 :

$$\frac{9\eta^2}{36} - \frac{(3\xi - \sqrt{a^2+b^2})^2}{9} = 1$$

$$\boxed{ \frac{\eta^2}{4} - \left(\xi - \frac{\sqrt{a^2+b^2}}{3} \right)^2 = 1, } \qquad \text{Hyperbel}$$

Mittelpunkt : $M \left(\frac{\sqrt{a^2+b^2}}{3} ; 0 \right)$

$$\bar{a} = 2 ; \quad \bar{b} = 1 ;$$

Brennpunkte : $F_1 \left(\frac{\sqrt{a^2+b^2}}{3} ; \sqrt{\bar{a}^2+\bar{b}^2} \right) ;$

$$F_2 \left(\frac{\sqrt{a^2+b^2}}{3} ; -\sqrt{\bar{a}^2+\bar{b}^2} \right) ;$$

3) $F_1 \left(\sqrt{a^2+b^2} ; 0 \right)$

$$F_2 \left(0 ; \sqrt{a^2+b^2} \right)$$

$$F_1 \left(\frac{\sqrt{a^2+b^2}}{3} ; \sqrt{\bar{a}^2+\bar{c}^2} \right)$$

$$K \equiv (x - \mu)^2 + (y - \nu)^2 = r^2$$

$$x^2 - 2x\mu + \mu^2 + y^2 - 2y\nu + \nu^2 = r^2$$

Lösung Mathematik 3

$$\text{I} \quad a^2 + b^2 - 2\mu\sqrt{a^2+b^2} + \mu^2 \qquad\qquad +r^2 = r^2$$

$$\text{II} \qquad\qquad \mu^2 + a^2 + b^2 - 2v\sqrt{a^2+b^2} + r^2 = r^2$$

$$\text{III} \quad \frac{a^2+b^2}{9} - 2\mu\frac{\sqrt{a^2+b^2}}{3} + \mu^2 + \overline{a}^2 + \overline{b}^2 - 2v\sqrt{\overline{a}^2+\overline{b}^2} + v^2 = r^2$$

$$\text{I} - \text{II}: \qquad 2v\sqrt{a^2+b^2} = 2\mu\sqrt{a^2+b^2};$$

$$\qquad\qquad v = \mu$$

aus II u III r^2 eliminiert:

$$\mu^2 + a^2 + b^2 - 2\mu\sqrt{a^2+b^2} + \mu^2 = \frac{a^2+b^2}{9} - 2\mu\frac{\sqrt{a^2+b^2}}{3} + \mu^2$$

$$+ \overline{a}^2 + \overline{b}^2 - 2\mu\sqrt{\overline{a}^2+\overline{b}^2} + \mu^2_i$$

$$2\mu = \frac{\overline{a}^2 + \overline{b}^2 - a^2 - b^2 + \frac{a^2+b^2}{9}}{\sqrt{\overline{a}^2+\overline{b}^2} + \frac{\sqrt{a^2+b^2}}{3} - \sqrt{a^2+b^2}}$$

Die speziellen Werte eingesetzt: $\mu = v = 7,8;$

aus Gleichung I oder II: $r^2 = 66,2;$ $r = 8,14;$

Kreisgleichung: $\boxed{K \equiv (x - 7,8)^2 + (y - 7,8)^2 = 8,14^2;}$

B) Infinitesimalrechnung

$$C_1 \equiv y = \frac{x^2}{4} \quad ; \quad C_2 \equiv y = \frac{4}{1+x^2}$$

$$C \equiv C_1 + C_2 \equiv y = \frac{x^2}{4} + \frac{4}{1+x^2} \quad ;$$

x	0	1	2	4	6	9				
C_1 y	0	$1/4$	1	4	9	$81/4$				
C_2 y	4	2	$4/5$	$4/8$	$4/37$	$2/41$				
C y	4	$9/4$	$9/5$	$40/3$	$337/37$					

119

Lösung Mathematik 4

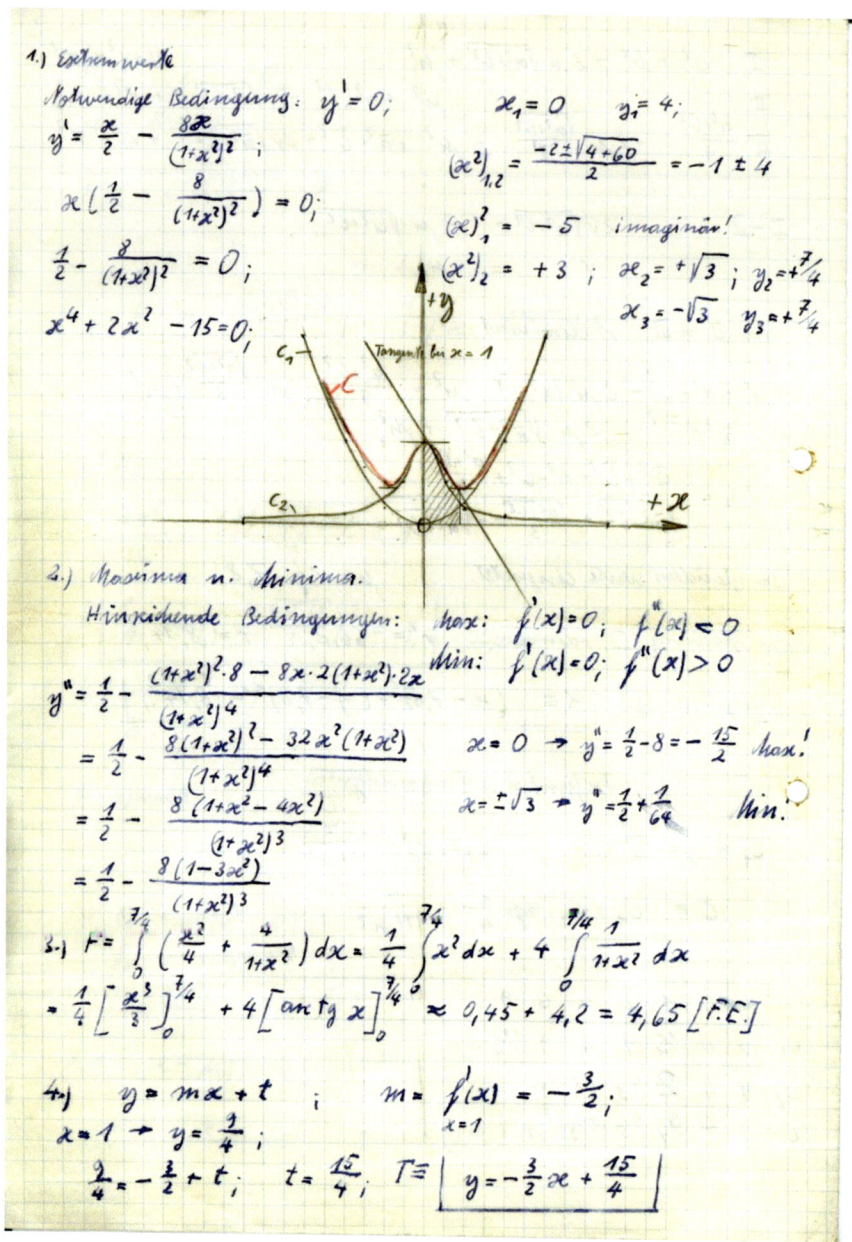

1.) Extremwerte

Notwendige Bedingung: $y' = 0$; $\qquad x_1 = 0 \quad y_1 = 4$;

$y' = \dfrac{x}{2} - \dfrac{8x}{(1+x^2)^2}$;

$x\left(\dfrac{1}{2} - \dfrac{8}{(1+x^2)^2}\right) = 0$;

$\dfrac{1}{2} - \dfrac{8}{(1+x^2)^2} = 0$;

$x^4 + 2x^2 - 15 = 0$;

$(x^2)_{1,2} = \dfrac{-2 \pm \sqrt{4+60}}{2} = -1 \pm 4$

$(x)_1^2 = -5 \quad$ imaginär!

$(x^2)_2 = +3$; $\quad x_2 = +\sqrt{3}$; $\quad y_2 = +\frac{7}{4}$

$x_3 = -\sqrt{3} \quad y_3 = +\frac{7}{4}$

2.) Maxima u. Minima.

Hinreichende Bedingungen: Max: $f'(x) = 0$; $f''(x) < 0$

$\qquad\qquad\qquad$ Min: $f'(x) = 0$; $f''(x) > 0$

$y'' = \dfrac{1}{2} - \dfrac{(1+x^2)^2 \cdot 8 - 8x \cdot 2(1+x^2)\cdot 2x}{(1+x^2)^4}$

$\quad = \dfrac{1}{2} - \dfrac{8(1+x^2)^2 - 32x^2(1+x^2)}{(1+x^2)^4}$

$\quad = \dfrac{1}{2} - \dfrac{8(1+x^2 - 4x^2)}{(1+x^2)^3}$

$\quad = \dfrac{1}{2} - \dfrac{8(1-3x^2)}{(1+x^2)^3}$

$x = 0 \rightarrow y'' = \dfrac{1}{2} - 8 = -\dfrac{15}{2}$ Max!

$x = \pm\sqrt{3} \rightarrow y'' = \dfrac{1}{2} + \dfrac{2}{64}$ Min.

3.) $F = \int_0^{7/4}\left(\dfrac{x^2}{4} + \dfrac{4}{1+x^2}\right)dx = \dfrac{1}{4}\int_0^{7/4} x^2\,dx + 4\int_0^{7/4}\dfrac{1}{1+x^2}\,dx$

$= \dfrac{1}{4}\left[\dfrac{x^3}{3}\right]_0^{7/4} + 4\left[\arctan x\right]_0^{7/4} \approx 0,45 + 4,2 = 4,65\ [F.E.]$

4.) $y = mx + t$; $\qquad m = f'(x)\Big|_{x=1} = -\dfrac{3}{2}$;

$x = 1 \rightarrow y = \dfrac{2}{4}$;

$\dfrac{2}{4} = -\dfrac{3}{2} + t$; $\quad t = \dfrac{15}{4}$; $\quad T \equiv \boxed{y = -\dfrac{3}{2}x + \dfrac{15}{4}}$

Reifeprüfung

an den Oberrealschulen (Oberschulen i. A.) und an den Mädchenoberrealschulen (Oberschulen i. A.)

Juni 1952

Vierter Prüfungstag

Donnerstag, den 19. Juni 1952, von 10.15 bis 11.45 Uhr

~ Übersetzung aus dem Englischen in das Deutsche

(1 ½ Stunden Arbeitszeit)

The Unity of European Culture

I think the reason why English is such a good language for poetry is that it is a composite from so many different European sources. As I have said, this does not imply that England must have produced the greatest poets. No art has ever been the exclusive possession of any one country of Europe.

Another important truth about poetry in Europe is that no one nation, no one language, would have achieved what it has, if the same art had not been cultivated in neighbouring countries and in different languages. We cannot understand any one European literature without knowing a good deal about the others. When we examine the history of poetry in Europe, we find a tissue of influences woven to and fro. There have been good poets who knew no language but their own, but even they have been subject to influences taken in and disseminated [1]) by other writers among their own people. Now, the possibility of each literature renewing itself, proceeding to new creative activity, making new discoveries in the use of words, depends on two things: First, its ability to receive and assimilate influences from abroad, second, its ability to go back and learn from its own sources. As for the first, when the several countries of Europe are cut off from each other, when poets no longer read any literature but that of their own language, poetry in every country must deteriorate.[2]) As for the second, I wish to make this point especially: that every literature must have some sources which are peculiarly its own, deep in its own history, but, also, and at least equally important, are the sources which we share in common.

(Adapted from T. S. Eliot.)

1) == spread   2) == grow worse .

Fünfter Prüfungstag <u>Physik</u>. Die Ministerialbehörde hatte versehentlich zwei Chemieaufgaben übersandt. Nach mehr als zwei Stunden wurden die Physikaufgaben telephonisch übermittelt, hektographiert und verteilt.

I. Mechanik.

Eine Kugel wird an einer Schnur in einem vertikalen Kreis mit dem Radius r geschwungen:

1) Wie gross muss die Geschwindigkeit der Kugel im höchsten Punkt des Kreises mindestens sein, damit die Schnur gespannt bleibt ?

2) Wie gross ist in diesem Falle die Geschwindigkeit im tiefsten Punkt des Kreises ?

3) Wie gross ist die Fadenspannung, wenn die Kugel 'en tiefsten Punkt des Kreises passiert ?

4) Wie hoch stiege die Kugel, wenn der Faden in dem Augenblick abgeschnitten würde, in dem sich die Kugel genau nach oben bewegt ?

5) Zur Abgrenzung, der Zeit, welche die Kugel für einen vollen Umlauf braucht, lässt sich je ein Höchstwert und ein Mindestwert angeben, zwischen denen die Umlaufszeit liegt. Wie gross sind diese Werte ?
(Anleitung : Zur Berechnung des Höchstwertes der Umlaufzeit nehme man die bei der Kreisbewegung auftretende kleinste Geschwindigkeit als gleichbleibend an, für den Mindestwert die grösste Geschwindigkeit.)

III. Elektr. und mechanische Schwingungen

1) Schildere den Ablauf der ungedämpften und gedämpften Schwingungen des elektr. Schwingungskreises und vergleiche damit die Schwingungen des Faden- o d e r Schraubenfederpendels !
Gib an welche elektr. und mechanischen Grössen und welche Überlegungen einander entsprechen !
Erläuternde Zeichnungen sind beizufügen.
2a) Wie wird die Dauer der ungedämpften Schwingung berechnet ? In welchen Einheiten sind die auftretenden Grössen zu messen ?   b) Ein elektr. Schwingungskreis mit veränderlicher Kapazität (Drehkondensator) und festem Induktivität 0,5 m H spricht gerade auf die Wellen des Mittelwellenbandes an ? Welchen Bereich hat der Drehkondensator ?
(Setze für die Rechnung $\pi^2 = 10$)

Lösung Physik 1

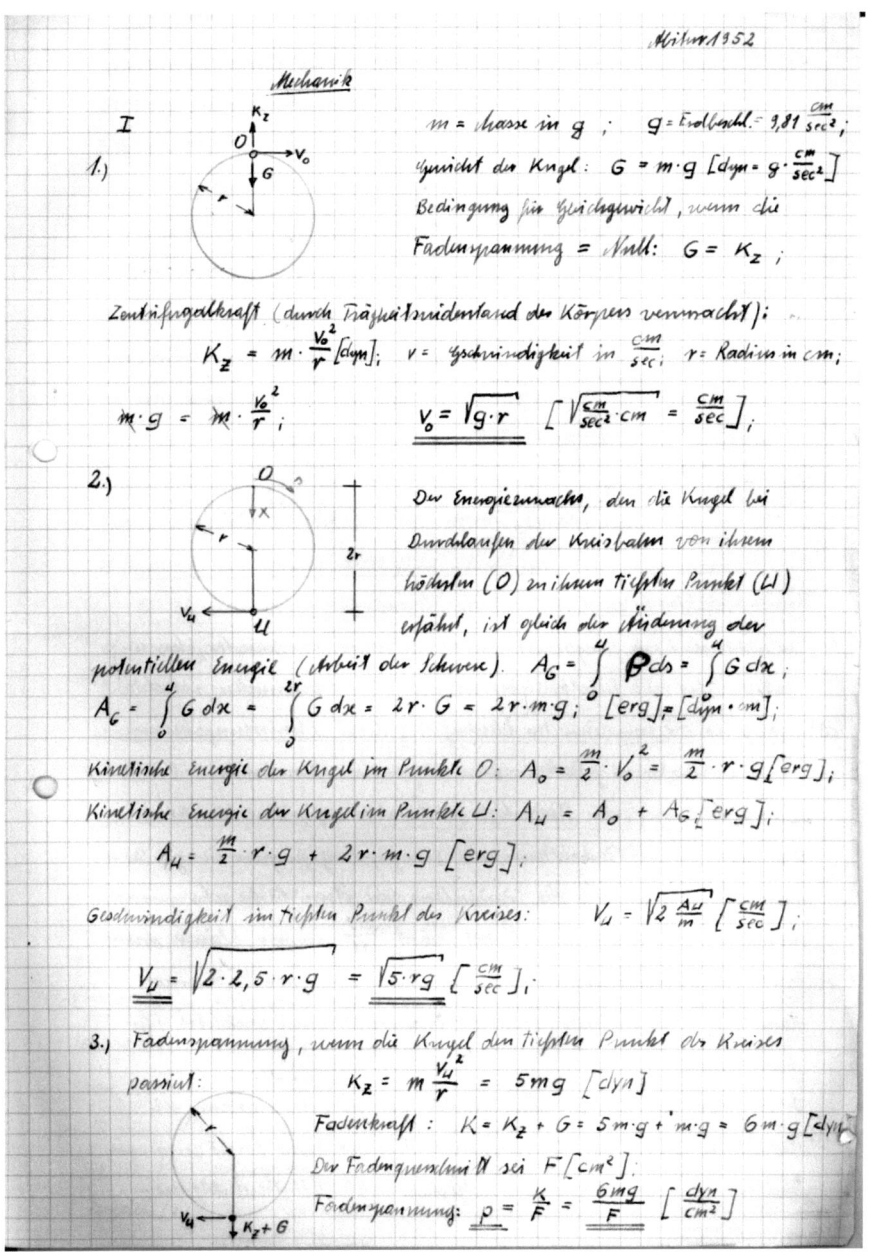

Mechanik

I

1.)

$m = $ Masse in g ; $\quad g = $ Erdbeschl. $= 9{,}81 \frac{cm}{sec^2}$;

Gewicht der Kugel : $G = m \cdot g \; [dyn = g \cdot \frac{cm}{sec^2}]$

Bedingung für Gleichgewicht, wenn die

Fadenspannung $= $ Null : $\; G = K_Z$;

Zentrifugalkraft (durch Trägheitswiderstand des Körpers verursacht):

$$K_Z = m \cdot \frac{v_0^2}{r} \; [dyn]; \quad v = \text{Geschwindigkeit in } \tfrac{cm}{sec}; \; r = \text{Radius in cm};$$

$$m \cdot g = m \cdot \frac{v_0^2}{r} ; \qquad \underline{v_0 = \sqrt{g \cdot r}} \quad [\sqrt{\tfrac{cm}{sec^2} \cdot cm} = \tfrac{cm}{sec}];$$

2.)

Der Energiezuwachs, den die Kugel bei Durchlaufen der Kreisbahn von ihrem höchsten (O) zu ihrem tiefsten Punkt (U) erfährt, ist gleich der Änderung der potentiellen Energie (Arbeit der Schwere). $A_G = \int_0^U \mathcal{G} ds = \int_0^U G dx$;

$$A_G = \int_0^U G \, dx = \int_0^{2r} G \, dx = 2r \cdot G = 2r \cdot m \cdot g \; [erg] = [dyn \cdot cm];$$

Kinetische Energie der Kugel im Punkte O: $A_0 = \frac{m}{2} \cdot v_0^2 = \frac{m}{2} \cdot r \cdot g \, [erg]$;

Kinetische Energie der Kugel im Punkte U: $A_U = A_0 + A_G \, [erg]$;

$$A_U = \frac{m}{2} \cdot r \cdot g + 2r \cdot m \cdot g \; [erg];$$

Geschwindigkeit im tiefsten Punkt des Kreises: $V_U = \sqrt{2 \frac{A_U}{m}} \; [\tfrac{cm}{sec}]$;

$$\underline{V_U = \sqrt{2 \cdot 2{,}5 \cdot r \cdot g} = \sqrt{5 \cdot r g}} \; [\tfrac{cm}{sec}];$$

3.) Fadenspannung, wenn die Kugel den tiefsten Punkt des Kreises

passiert : $\qquad K_Z = m \frac{v_U^2}{r} = 5mg \; [dyn]$

Fadenkraft : $K = K_Z + G = 5 m \cdot g + m \cdot g = 6 m \cdot g \, [dyn]$

Der Fadenquerschnitt sei $F \, [cm^2]$.

Fadenspannung: $\underline{\rho = \frac{K}{F} = \frac{6mg}{F}} \; [\tfrac{dyn}{cm^2}]$

Lösung Physik 2

4.) Kinetische Energie der Kugel zu dem Zeitpunkt, in dem sie sich vertikal nach oben bewegt:

$$A_v = A_u - \int_0^r G\,dx = 2.5 \cdot m \cdot r \cdot g - m \cdot r \cdot g =$$

$$= 1.5 \cdot m \cdot r \cdot g \;\;[\text{erg}];$$

$$V_v = \sqrt{2\tfrac{A_v}{m}} = \sqrt{3 \cdot r \cdot g} \;\;\left[\tfrac{cm}{sec}\right];$$

Steighöhe s: $\quad s = \dfrac{V_r^2}{2g} = \dfrac{3rg}{2g} = 1.5\,r \;\;[cm]$

5.)

$$V_{min} = V_o = \sqrt{g \cdot r} \;\;\left[\tfrac{cm}{sec}\right];$$

$$t_{max} = \dfrac{2r\pi}{V_{min}} = \dfrac{2r\pi}{\sqrt{g \cdot r}} \;\;[sec];$$

$$V_{max} = V_u = \sqrt{5gr} \;\;\left[\tfrac{cm}{sec}\right];$$

$$t_{min} = \dfrac{2r\pi}{V_{max}} = \dfrac{2r\pi}{\sqrt{5gr}} \;\;[sec];$$

Elektrische und mechanische Schwingungen

1.) Der elektrische Schwingungskreis besteht aus einem Kondensator, dessen Platten über eine Selbstinduktionsspule leitend verbunden sind.

a) Vorgänge bei der ungedämpften Schwingung des el. Schwingungskreises:

Der Kondensator sei geladen. Beim Schließen des Stromkreises tritt eine schnelle Änderung der Stromstärke im Stromkreis auf. Diese bewirkt an den Enden der Selbstinduktionsspule eine große Gegenspannung. Deshalb ist im Augenblick des Einschaltens die Stromstärke sehr gering. Im weiteren Verlauf der Stromflusses wird $\frac{dJ}{dt}$ immer kleiner, daher sinkt die Induktionsspannung auf Null, die Stromstärke und damit das magnetische Feld der Induktionsspule erreichen ihr Maximum.

Inzwischen hat sich der Kondensator weitgehend entladen, die Stromstärke nimmt ab, das magnetische Feld der Spule bricht zusammen. Dadurch wird eine der vorigen entgegengerichtete Selbstinduktions-

Lösung Physik 3

Spannung bewirkt, welche ein Weiterfließen des Stromes verursacht. Dadurch lädt sich der Kondensator erneut auf, jedoch mit entgegengesetzten Vorzeichen wie im Anfangszustand.

Nun wiederholt sich der anfangs geschilderte Vorgang in analoger Weise, jedoch mit dem Unterschied, daß jetzt der Strom in entgegengesetzter Richtung fließt.

Die Elektronen schwingen im Stromkreis ständig hin und her, wobei alternierend ein elektrisches Feld zwischen den Kondensatorplatten und ein magnetisches Feld um die Induktionsspule entsteht.

Der Kondensator weist maximale Aufladung auf, wenn das magn. Feld der Spule zusammengebrochen ist. Dann ist die Stromstärke Null. Umgekehrt erreicht die Stromstärke ihr Maximum, wenn die Aufladung des Kondensators gleich Null ist.

Die el. Energie des geladenen Kondensators wird zur Herstellung eines magn. Feldes verwendet und die Energie des zusammenbrechenden magn. Feldes zur Aufrichtung des el. Feldes im Kondensator.

Deshalb nennt man diese Schwingung eine elektro-magnetische.

b) Vorgänge bei der gedämpften Schwingung des elektr. Schwingungskreises

Durch den Ohmschen Widerstand des Leiters wird die elektrische Energie in Wärme verwandelt. Deshalb kommt die Schwingung nach einiger Zeit zur Ruhe.

c) Vergleich von elektro-magnetischen und mechanischen Schwingungen

Ebenso, wie bei der elektro-magn. Schwingung ein alternierender Austausch von elektrischer und magnetischer Energie stattfindet dargestellt, daß die magnetische Energie ihr Maximum erreicht, wenn die elektrische gleich Null ist und umgekehrt, tritt auch beim mechanischen Pendel (z. B. beim Fadenpendel) ein Austausch zwischen potentieller

Lösung Physik 4

und kinetischer Energie auf.

	Elektro - magn. Schwingung	Mechanische Schwingung
I	$U = max\ U \to$ El. Energie $= Max$ $J = 0 \to$ Magn. Energie $= 0$	Elongation = Amplitude $\to$ pot. Energie $= Max$ $V = 0 \to$ kin. Energie $= 0$
II	$U = 0 \to$ El. Energie $= 0$ $J = max\ J \to$ Magn. Energie $= max$	Elongation $= 0 \to$ pot. Energie $= 0$ $V = Vmax \to$ kin. Energie $= Max$
III	$U = -max\ U \to$ El. Energie $= -Max$ $J = 0 \to$ Magn. Energie $= 0$	Elongation $= -$ Amplitude $\to$ pot. Energie $= -Max$ $V = 0 \to$ kin. Energie $= 0$
IV	$U = 0 \to$ El. Energie $= 0$ $J = -max\ J \to$ Magn. Energie $= -Max$	Elongation $= 0 \to$ pot. Energie $= 0$ $V = -V_{max} \to$ kin. Energie $= -Max$

I II III IV   I II III IV

El. Energie   pot. Energie $\Big\}$ un-
Magn. Energie   kin. Energie $\Big\}$ gedämpft.

El. Energie   pot. Energie $\Big\}$ stark
Magn. Energie   kin. Energie $\Big\}$ gedämpft.

$\to t$ $\to t$

2.) a) $C =$ Kapazität [Farad]; $L =$ Selbstinduktion [Henry].

$$T = 2\pi \sqrt{C \cdot L} \ [sec]$$ Schwingungsdauer der el. Schwingung!

$\ell =$ Abstand des Schwerpunkts vom Drehpunkt [cm]
$g =$ Erdbeschleunigung $= 981 \ \frac{cm}{sec^2}$;

$$T = 2\pi \sqrt{\frac{\ell}{g}} \ [sec]$$, Schwingungsdauer des math. Pendels!

b)   Wellenlänge $\lambda = C \cdot T$ [cm]; $C =$ Lichtgeschwindigkeit $= 3 \cdot 10^{10} \ \frac{cm}{sec}$;
     $T =$ Schwingungsdauer [sec];

$\lambda = C \cdot 2\pi \sqrt{C \cdot L}$,

$C = \dfrac{\lambda^2}{C^2 \cdot 4\pi^2 \cdot L}$;   Mittelwellenbereich: $\lambda_{min} = 200 \ m$; $\lambda_{max} = 3000 \ m$;

$$C_{min} = \frac{\lambda^2_{min}}{C^2 4\pi^2 \cdot L} = \frac{4 \cdot 10^8 \cdot 10^4}{3 \cdot 10^{10} \cdot 4 \cdot 10 \cdot 5} = \frac{2}{3} \ [Farad]; \quad C_{max} = \frac{\lambda^2_{max}}{C^2 4\pi^2 L} = \frac{9 \cdot 10^{10} \cdot 10^4}{3 \cdot 10^{10} \cdot 4 \cdot 10 \cdot 5} = \frac{3}{2} \cdot 10^3 \ [Farad];$$